edition
tingeltangel

Mein Kater vom Mars

Zur Hölle mit den Zigs!

Science Fiction
von Kris Benedikt

Für alle, die noch an das Gute im Alien glauben

© *edition tingeltangel*
Thomas Endl, Kohlstr. 7, 80469 München

Einbandgestaltung unter Verwendung folgender Grafiken:
Mars: © Natalia Rashevskaya/Fotolia.com
Augen: © Horon/Fotolia.com
Ranken: © FotoDesignPP/Fotolia.com
Surfer (auch Kapitelvignetten): © dervish 15/Fotolia.com
Alien: © dancerP/Fotolia.com

In den Verweisen auf weitere Bücher wurden genutzt:
Augen: © fayska/Fotolia.com
Mondkatze: © Moreen Blackthorn / Fotolia.com
Weihnachtskugel: © Rob Stark/Fotolia.com
Nikolaus und Nikolina: © Cornelia Haas
Gesicht mit Maske: © olly/Fotolia.com
Tänzerin: © lassedesignen/Fotolia.com
Skyline London: © JiSIGN/Fotolia.com
Einschuss: © Sascha Burkard/fotolia.com

Herstellung: BoD - Books on Demand, Norderstedt

FSC®-zertifiziertes Papier aus verantwortungsvoller Fortwirtschaft

ISBN 978-3-944936-13-0
Erste Auflage, München 2015

/1/

Musik

Schon seit Tagen ging ihm eine neue Melodie durch das grüne Katzenköpfchen. Sie wand sich in immer neuen Variationen durch sein Hirn. Sie schlug geradezu Kapriolen. Ja, sie würde ein Meisterwerk, wenn er sie richtig ausarbeitete. Nicht umsonst hatte Oolongs Fell eine Zeichnung, die an einen moosgrünen Frack über lindgrünem Hemd erinnerte. Er war der größte, wenn auch einzige Komponist und Dirigent auf dem ganzen Mars.

Wie so oft wurde er auf dem Weg in den Konzertsaal von Fans begleitet: Malgen, die sich geradezu an seine Fersen hefteten. Sie leuchteten in freudigen Farben zu den schönen Tönen, die Oolong vor sich hinsummte. Er war gerührt von ihrer Begeisterungsfähigkeit. Er liebte Bewunderer. So erwartete er nichts Böses, als aus einem Seitentunnel eine Gestalt auf ihn zueilte – offensichtlich hin und weg von Oolongs neuer Melodie. Das Wesen funkelte noch bunter als die Malgen. Seine Augen – oder was auch immer die starken Lichter waren, die Oolong ins Visier nahmen – wurden immer größer. Rauschten heran. Das ganze Wesen schien einzig und allein aus Licht zu bestehen. Oolong stoppte. Fans konnten auch anstrengend sein, das wusste er nur zu gut. Er schnurrte vorsorglich: „Mein lieber Freund, leider habe ich es eilig, ich muss ja –“ Der Rest war nicht mehr zu hören.

Um Oolong herum schlierte es blau. Unter seinen Pfoten fühlte er keinen Marssand mehr. Seine Stimme blieb stumm, egal, wie laut er fauchte. In seinem Kopf: dumpfes Rauschen.

/2/

Rückkehr zum Mars

Ich stand im Schlafzimmer meiner Eltern und wand mich. Wie hielt mein Vater es nur aus, jeden Tag im Anzug ins Büro zu gehen? Das Teufelsding war kratzig, eng, steif und unbequem. Und jetzt kramte mein Vater auch noch einen gestreiften Kulturstrick aus seinem Schrank.

Abwehrend hob ich die Hände. „Ich sehe sowieso schon total lächerlich aus."

„Alle Gäste werden in edlen Abendroben erscheinen", warf meine Mutter ein.

„Ich wette, Bass kommt ganz normal in Jeans und Pulli", sagte ich.

„Bass ist ja auch nicht der Held des Tages."

„Wenn ich in dieser Aufmachung aufkreuze, bin ich nicht der Held, sondern die Lachnummer des Tages. Ihr habt keine Ahnung von der Mode auf dem Mars." Ich nahm meinem Vater die Krawatte ab und hielt sie Early vor die Schnauze. „Early, was hältst du davon?", fragte ich ihn auf Englisch.

Earl Grey, der grün getigerte Kater vom Mars, der seit letztem Sommer zur Familie gehörte, begann zu schnurren. Mochte er das Ding? Schnurren war bei ihm nicht unbedingt ein Ausdruck von Zufriedenheit, sondern eine ausgefeilte Biotechnologie, die den Marskatzen allerhand ermöglichte. Nicht zuletzt machten sie sich auf diese Weise verständlich. Mit jedem Ton, den Early von sich gab, brachte er Bewegung in den Sand, der im ganzen Haus in flachen Plastikwannen ausgestreut war. Early schnurrte und die Sandkörner formten Sätze. Es waren englische Sätze, denn in dieser Sprache verständigten sich Katzen und Menschen auf dem Mars seit jeher. Genauer: seit 2060, als englische Kolonisten den Mars erreicht hatten. Auch wenn diese Ereignisse für uns Erdbewohner noch in der Zukunft lagen, waren sie für Early ein alter Hut. Denn er war durch ein Moongate nicht nur zu uns auf die Erde gekommen, sondern dabei auch weit in die Vergangenheit gereist.

Alles in allem eine komplizierte Sache, die meine Eltern mir erst nicht hatten glauben wollen. Als ich ihnen Early damals vorstellte, dachten sie allen Ernstes, ich hätte dem armen Tier das Fell grün gefärbt, um sie zu verarschen. Erst als er ein paar Sätze in den Zucker schnurrte, den ich zu diesem Zweck auf dem Küchentisch verstreut hatte, gaben sie ihre Zweifel gezwungenermaßen auf. Puh, es hatte eine ganze Nacht gedauert, ihnen mein Marsabenteuer in epischer Breite zu erzählen!

Hoffentlich stellte sich der Film, der heute im Historischen Museum auf dem Mars Premiere hatte (und zwar Nova, Early und mir zu Ehren), nicht als vierstündiger Monumentalschinken heraus. Ich wollte nämlich keine Sekunde länger als nötig wie ein dressierter Affe aussehen, auch wenn meine Mutter meinte, mit vierzehn sei man ja fast schon erwachsen und „reif für einen richtigen Anzug". Na danke.

Early beschnupperte die Krawatte und schnurrte in den Sand: „Scharf! Jetzt bist du auch getigert!""

„Du Verräter", antwortete ich vorwurfsvoll, während mir mein Vater grinsend die Krawatte umband.

Es klingelte an der Haustür und kurz darauf begleitete meine große Schwester Anja meinen besten Freund Bass ins Schlafzimmer. Natürlich trug er Jeans und Pulli.

Bass, dessen kompletter Name Sebastian Tack lautet, blickte auf eine schlimme Zeit zurück, die er aber mit viel Humor und ausgiebigen Flirts mit Krankenschwestern gut gemeistert hatte. Jetzt war alles wieder klar bei ihm. Die Hüfte, die er sich bei einem spektakulären Surfunfall gebrochen hatte, war geheilt. Dieser Unfall auf der Eisbachwelle in München, nur einen Tag vor unserer geplanten Reise nach Teneriffa, hatte das Marsabenteuer, das ich vor einem Dreivierteljahr erlebt hatte, überhaupt erst ins Rollen gebracht.

„Ich kann es kaum erwarten, Nova wiederzusehen." Aus Rücksicht auf Early sprach Bass immer Englisch, wenn der Kater dabei war.

„Jap", sagte ich kurz angebunden, weil ich mit dem Strick um den Hals irgendwie das Gefühl hatte, schwerer Luft zu bekommen.

Bass zwinkerte Early zu. „Ich glaube, er ist eifersüchtig."

Nova würde vermutlich einen Lachkrampf bekommen, wenn sie mich so sah! Sie war in den letzten Monaten immer punkiger geworden. Erst hatte sie nur diese igeligen, teils blonden, teils roten Haare gehabt. Jetzt waren einige Piercings dazugekommen und ihr Kleidungsstil wurde immer krasser. Neben ihr würde ich aussehen wie ein Streber, nicht wie ein cooler Surfer. Ich entledigte mich der Krawatte und zog auch das Jackett aus. „Nee, das halte ich nicht aus."

Early schnappte sich die Krawatte und wickelte sich darin ein. Es war schwer zu glauben, dass dieser drollige Kerl zur hochintelligenten Spezies der Marskatzen gehörte, die eine ausgefeilte Kommunikationstechnologie entwickelt hatte.

Mein Vater sah auf seine Armbanduhr. „Das Gate dürfte sich jeden Augenblick öffnen."

Anja befreite Early, der sich hoffnungslos verheddert hatte, und trug ihn zur Dachterrasse. Meine Eltern, Bass und ich folgten.

Für mich war es die dritte Reise zum Mars, für Bass und meine Familie die zweite. Aber aufgeregt waren wir alle gleichermaßen. Early hingegen pilgerte regelmäßig in seine alte Heimat, um sich mit Glühbeeren vollzustopfen, weil er sonst Mangelerscheinungen bekam. Von seinem letzten Besuch hatte er für uns überraschend die Einladung zur Filmpremiere mitgebracht.

„Ich habe sicherheitshalber etwas gegen Reiseübelkeit eingenommen", erzählte meine Mutter, während sich das Moongate, das auf dem Mars mit sogenannten Purrolatoren erzeugt wurde, langsam aufbaute. Ein feiner Vorhang aus schwirrenden Sandkörnern stieg aus dem Nichts vor uns empor. „Vielleicht hilft es auch gegen die Effekte der geringeren Schwerkraft. Letztes Mal war mir dermaßen schlecht!" Ihr Kontrollblick glitt noch rasch über uns alle. Bei Papa entdeckte sie ein paar Schuppen auf den Schultern, die sie fortwischte, bei mir eine schwarze Haarsträhne, die sich dem Scheitel nicht fügen wollte. Zweifellos wäre sie auch noch gern mit den Fingern über Bass' blonde Matte gefahren, ließ es aber seufzend bleiben, denn schon war das Moongate zwei Meter hoch.

Ein Fuß erschien am Boden des Gates und kurz darauf trat ein Mann heraus: Präsident Gordon Selby höchstpersönlich, der Chef der Marskolonie. Wie alle Marsmenschen hatte er einen bleichen Teint und so große Augen, dass man Angst bekam, sie könnten einem bis in die Seele blicken. Der Präsident ging augenblicklich in die Knie und keuchte: „Ich fühle mich tonnenschwer."

„Wie reizend, dass Sie uns persönlich abholen kommen", sagte meine Mutter höflich, während Bass und mein Vater dem Präsidenten ohne viel Aufhebens unter die Achseln griffen und ihn durch das Gate zurückhievten. Anja folgte mit Early auf dem Arm, ich ging nach meiner Mutter als Letzter.

Noch einen Schritt weiter und ich befand mich nicht mehr im München des 21. Jahrhunderts, sondern auf dem Mars, oder vielmehr unter der Marsoberfläche, und war dabei nicht nur fast hundert Millionen Kilometer durchs Weltall, sondern auch gut 450 Jahre in die Zukunft gereist.

Wir landeten in der Eingangshalle des Museums, in der bereits die geladenen Gäste Spalier standen.

Ich registrierte, wie meiner Mutter beim Anblick der Mitglieder der vornehmen marsianischen Gesellschaft die Augenbrauen bis unter den Haaransatz schossen. Die Damen trugen statt „edler Abendroben" fetzenartige Umhänge, die Herren bunte Strumpfhosen und graue Kutten. Mein Vater warf mir einen amüsierten Blick zu und lockerte seine Krawatte.

Early tänzelte durch die Menge und genoss die Aufmerksamkeit. Präsident Selby hatte sich vom Schwerkraftschock erholt und schloss das Gate. Die Purrolatoren wurden anders angeordnet, ein neues Gate öffnete sich. Diesmal verzichtete der Präsident darauf, den Gästen entgegenzugehen. Das war auch nicht nötig, denn Nova reiste mit ihren Eltern Julia und Everett viel öfter zum Mars als wir. Die Youngbloods gingen hier sozusagen ein und aus. Nova erschien als Erste, dann folgten ihre Eltern.

Nova kam strahlend auf uns zu. Ich war gespannt, wen sie zuerst begrüßen würde, Bass oder mich. Aber dieses Privileg wurde jemand anderem zuteil. Nova hob Early, der seine Ehrenrunde beendet hatte, auf den Arm und küsste ihn zwischen die Ohren.

Als wir wenige Minuten später im Kino Platz nahmen, legte sich Early auf Novas Schoß. Auch Bass bekam vierbeinige Gesellschaft. Earlys Schwester Darjeeling, eine behäbige, fette Katze, war seit unserem letzten Besuch ganz vernarrt in ihn. Bass hatte nun mal eine unglaubliche Ausstrahlung auf weibliche Wesen jeglicher Gattung.

Das Kino präsentierte sich in einem ganz besonderen Look. Die Marsianer liebten merkwürdige Formen und Farben, aber das hier übertraf alles, was ich bisher gesehen hatte. Über die hellroten Wände des Kinos kroch in lilablassblauen Schlieren ein eigentümlicher Glibber.

„Was für eine merkwürdige Deko“, meinte ich.

„Das sind Mars-Algen, auch Malgen genannt“, erläuterte Early. Dann holte er zu einer längeren Erklärung aus. Er genoss es sichtlich, dass im Kino, wie überall auf dem Mars, der Boden komplett mit feinem Sand bedeckt war. „Wenn sie Musik hören, ändern sie ihre Farbe. Sie sind nach uns die zweitintelligenteste Lebensform auf dem Mars.“

Ich verkniff mir die Frage, an welcher Stelle er denn die Marsmenschen sah, und wollte nur wissen, worin sich die Intelligenz der „Malgen“ zeigte, abgesehen davon, dass sie ihr Aussehen verändern konnten.

„Sie machen, was sie wollen. Superschlau, hm?“

„Und da kriechen sie einfach an den Wänden entlang? Wie lahm“, bezweifelte ich Earlys Behauptung.

„Gar nicht lahm. Es ist die beste Möglichkeit, um gratis ins Kino zu kommen.“

Die Ränge waren kreisförmig um eine Bühne angeordnet, auf die jetzt Novas Großeltern Cora und Barney Newman traten. Sie hatten das Museum gekauft, nachdem ihnen unser Abenteuer unerwartet zu Geld verholfen hatte. Zuvor waren sie Tierärzte gewesen. Als sie nun vom Bau des neuen Kinos berichteten, schienen ihre Stimmen von überallher zu kommen, obwohl ich weder Mikrofone noch Lautsprecher entdecken konnte.

Leise Musik setzte ein, was den Malgen außerordentlich zu gefallen schien. Sie begannen, sich zu blauen und gelben wellenförmigen Mustern zu formieren. Es sah so aus, als würden sie die Stimmung der Musik perfekt in Form und Farbe umsetzen.

Danach trat Präsident Selby auf die Bühne, begleitet von dramatischem Sound, was die Malgen dazu anregte, schwarz-weiße Zacken zu bilden. Der Präsident gab eine kurze Zusammenfassung der Teekrise, die Nova, Early und mich in ein unglaubliches Abenteuer gestürzt hatte.

„Im Erdenjahr 2060 gründete mein Vorfahre Terence Selby unsere Kolonie. Die mutigen Pioniere, von denen wir abstammen, entdeckten das Höhlensystem, das heute unser Zuhause ist, von Glühbeeren beleuchtet wie von kleinen Sonnen, bevölkert von allerlei wundersamen Tieren und intelligenten Katzen, die großmütig ihre Technologie mit uns teilen. Einzig unsere Teepflanzen wollten hier nicht gedeihen. Die Stämme wurden dicker, die Blätter mickrig klein und geschmacklos. 2460 drohte eine massive Teekrise, darum entsandten wir jemanden zur Erde – unsere stärkste und mutigste Bürgerin, Julia Newman."

Heftiger Zwischenapplaus brandete auf, während Novas Mutter Julia rot anlief.

„Sie verließ uns durch ein Moongate und kehrte viele Jahre lang nicht zurück. Inzwischen standen wir kurz vor einem Krieg um die letzten verbliebenen Teeblätter. Der Film, den wir uns nun ansehen, berichtet auf eindringliche Weise, was dann geschah."

Damit startete endlich der Film, der als Holografie frei im Raum schwebte.

Er begann mit Julias Rückkehr zum Mars. Es sah so verdammt echt aus, als wäre die Holo-Kamera tatsächlich bei jedem ihrer Schritte mit dabei gewesen. Aber von Nova hatte ich gehört, dass alle Szenen komplett künstlich von einem sogenannten Visionuter erzeugt worden waren.

„Julia brachte nicht nur Tee von der Erde", kam die Sprecherstimme aus dem Off. „Sie hatte dort auch einen Mann gefunden und geheiratet, den Astrophysiker Everett Youngblood, der ihr half, Marssand für die Rückkehr zu besorgen. Sie waren kaum auf dem Mars angekommen, da wurden sie gefangen genommen von Neil Spooner, der nach Reichtum gierte. Doch Rettung war schon unterwegs in Gestalt ihrer mutigen Tochter

Nova, deren unerschrockenem Freund Mike und dem wagemutigen Museumskater Earl Grey."

Wow, starker Tobak. Es war mir fast ein bisschen peinlich, was für ein Trara um uns gemacht wurde. Doch dann schaute ich gebannt zu, wie unsere holografischen Doppelgänger durch die untermarsianischen Gänge hetzten, mal auf der Flucht vor den Häschern des üblen Verbrechers Neil Spooner, dann wieder auf der verzweifelten Suche nach Novas Eltern. Alles wurde begleitet von dramatischer Musik, die sich zu einem dröhnenden Crescendo steigerte, als die Helden in letzter Minute Julia und Everett retteten.

Die Malgen sahen sich zu Kringelformen in pulsierendem Feuerrot inspiriert, während der Holo-Mike auf den untermarsianischen Flüssen einen wilden Ritt auf jenem Surfbrett unternahm, das Early aus einem dicken Teebaumstamm geschnurrt hatte.

Das Surfbrett aus marsianischem Teeholz besaß ich immer noch. Es war besser als jedes Board, das man in Münchens teuerstem Sportgeschäft kaufen konnte. Bass beneidete mich glühend darum.

Zum Abschluss des Empfangs gab es in der Eingangshalle die marsianische Form von Sekt: vergorenen Glühbeeren-Saft. Darjeeling schnurrte in den sandigen Boden: „Bass, ich habe eine Überraschung für dich."

Nova und ich folgten den beiden in einen Lagerraum. Mir fiel ein Schild auf, das über der Tür schwebte und neongrün blinkte: *Kein Zutritt für Zigs*.

„Wer oder was sind denn Zigs?"

Niemand interessierte sich für meine Frage, denn Bass rief in dem Moment: „Oh, Darjeeling, meine Süße, das ist ja der abgefahrene Wahnsinn!"

An der Wand lehnte ein Surfboard aus Teeholz, das Darjeeling für ihn zurechtgeschnurrt hatte.

Bass fuhr mit der Handfläche über das glatte Holz und hatte Tränen der Rührung in den Augenwinkeln.

„Fantastisch", freute ich mich. „Jetzt wirst du endlich aufhören, mir mein Board abschwatzen zu wollen. Gut gemacht, Darjeeling."

Die fette Katze rieb sich zufrieden an Bass' Beinen.

„Nur, wie erkläre ich das meinen Eltern?", überlegte Bass, das Board unter den Arm geklemmt, während wir zu den anderen zurückkehrten. Wie der Rest der Menschheit auch, hielten die Tacks den Mars nämlich für einen toten, staubigen Planeten. Von der zukünftigen Besiedlung wusste man ja noch nichts.

Die Halle hatte sich geleert, der Empfang war vorbei. Early und eine dünne, grasgrüne Katze standen noch herum, saugten mit Strohhalmen an ihren Drinks, was hier als einzig schickliche Art des Trinkens galt, und unterhielten sich leise schnurrend.

Als die dünne Katze kurz aufsah, erkannte ich sie. Es war Tippy Golden Flowery Orange Pekoe, was hier tatsächlich als Name durchging. Den Kolonisten zuliebe nannten sich alle Marskatzen nach Teesorten.

Tippy sah alles andere als stattlich aus, war aber für die Katzen das, was Präsident Selby für die Menschen war: der Boss, auf den alle hörten.

„Möchtest du das Board auf einem unserer Flüsse ausprobieren?", schnurrte Darjeeling in den Sand.

„Lieber nicht“, meinte Bass. „Mir ist von der niedrigen Schwerkraft total schwindelig. Aber ich werde es mitnehmen, wenn wir nächsten Monat nach Teneriffa fliegen.“

Wir würden in den Osterferien den Surfurlaub nachholen, auf den wir letzten Sommer wegen Bass' Unfall hatten verzichten müssen. Nova und ihr Vater würden auch dazustoßen, nur Novas Mutter Julia konnte leider nicht in den Süden fliegen, da ihre Haut auf Sonnenlicht empfindlich reagierte.

Ich rief Early zu, dass wir allmählich aufbrechen wollten. Doch er war völlig in sein Getuschel vertieft, also ging ich ihn holen. Kaum war ich in Hörweite, verstummte das Schnurren der beiden Katzen. Dabei wussten sie genau, dass ich kein Wort verstand. Earlys Gesicht nach zu schließen, schien es um etwas Ernstes zu gehen.

„Das Gate wartet“, sagte ich.

„Tut mir leid, Kumpel, aber ich kann nicht mitkommen“, erschien im Sand vor meinen Füßen. „Ich habe hier ein paar Dinge zu erledigen. Wichtige Dinge. Ich werde gebraucht. Katzenangelegenheit.“

„Okay. Und wie lange dauert das?“

„Das lässt sich nicht sagen. Wir sehen uns frühestens wieder, wenn du von deiner Teneriffareise zurück bist.“

„Brauchst du Hilfe von mir?“

„Na ja, du könntest eigentlich -“

Tippy sprang vor und verwischte den Satz mit ihren Pfoten, bevor Early ihn beenden konnte. „Das geht Menschen überhaupt nichts an“, erschien stattdessen in Tippys krakeliger Schnurrschrift.

Ich zuckte die Schultern, als machte mir das gar nichts aus. „Dann viel Glück, ihr beiden."

Immerhin würde sich meine Mutter freuen, wenn Early eine Weile von der Bildfläche verschwand. Sie hatte ständig Angst, jemand, der uns besuchte, könnte das grün getigerte Tier entdecken.

Ich hoffte, dass mein tollpatschiger Kater vom Mars sich nicht in Schwierigkeiten brachte, wenn ich nicht auf ihn aufpasste. Vielleicht wusste ja Nova irgendetwas über diese „Katzenangelegenheit".

Sie und ihre Familie waren bereits dabei, sich von meinen Eltern zu verabschieden, bevor sie durch das Gate nach Cornwall zurückkehrten.

„Nova, weißt du von irgendwelchen Problemen hier auf dem Mars? Early sagt, er müsse eine Weile hierbleiben, um eine Katzenangelegenheit zu klären."

Sie zupfte an einem ihrer Nasenpiercings. „Probleme? Nö."

Dank des grellweiß strahlenden Glühbeeren-Kronleuchters über unseren Köpfen konnte ich sehen, dass sie eine Spur rot wurde. Da war also etwas im Busch und sie wusste Bescheid. Ich hatte keine Zeit nachzuhaken, denn Everett drängte zum Aufbruch.

Ich gesellte mich zu Bass und meinen Eltern und wartete darauf, dass ein Gate für uns geöffnet wurde. Aus den Augenwinkeln sah ich Early und Tippy, die Köpfe eng zusammengesteckt.

Was in aller Welt ging hier vor?

/3/

Der Vulkan lebt

Drei Wochen später wartete ich wieder an einem Gate, aber nicht auf unserer Dachterrasse, sondern am Münchner Flughafen. Jetzt trennten mich nur noch vier Stunden von Sonne, Meer und Wellen.

Verglichen mit dem interplanetaren Reisetempo schien der Flug eine Ewigkeit zu dauern. Dafür entschädigte mich der Anblick beim Landeanflug. Der große Vulkankegel des Teide durchstach majestätisch ein Wolkenband. Der karge Süden der Insel leuchtete okkergelb im Schein der Nachmittagssonne. Ich dachte voller Mitleid an die Marskolonisten. Wie konnte man es nur aushalten, unter dem Boden zu leben und nie dieses Gefühl von Weite zu erfahren?

Vom Flughafen brachte uns ein Shuttlebus in wenigen Minuten in unser Stammhotel, wo uns der Rezeptionist wie alte Bekannte begrüßte: „Hola, Signores Tack. Hola, Mike y Sebastian."

Getrieben von Ungeduld und extremer Sehnsucht danach, ins Wasser zu springen, stürmte ich mit Bass auf unser gemeinsames Zimmer. Unter den Jeans trugen wir bereits die Badehosen. Die Neoprenanzüge hatten wir im Handgepäck, damit wir sie nicht erst lange aus dem Koffer fummeln mussten.

Wir klemmten die Boards unter die Arme und marschierten zum Strand, wo wir Nova und Everett unter einem gigantischen Sonnenschirm sitzen sahen. Sie waren gestern schon angekommen. Nova trug einen pinkfarbenen Bikini. Um ihren Hals hing ein MP3-Player. Als sie uns sah, nahm sie die Stöpsel aus den Ohren und lief uns entgegen. Ich starrte wie hypnotisiert auf ihr Bauchnabelpiercing, während Bass bereits eine

Flasche Sonnenmilch zückte und Nova anbot, sie einzucremen.

„Seht euch nur den ganzen Sand an!", sagte ich, während ich mich in den Neoprenanzug zwängte. „Early könnte Romane in den Strand schnurren."

„Ich habe mir ein Anfängerboard und einen Neoprenanzug geliehen", erwähnte Nova beiläufig, woraufhin Bass und ich uns in Angeboten übertrafen, ihr das Surfen beizubringen.

Die Zeit verging wie im Flug. Stundenlang glitten wir auf unseren Boards über die Wellen. Nova wurde immer mutiger, vor allem, als ich sie mein Board ausprobieren ließ. Darauf stand sie gleich viel sicherer.

Ich paddelte mit ihrem Leihboard an den Strand zurück und setzte mich zu Everett unter den Schirm, wo sich inzwischen auch Helmut und Sarah Tack eingefunden hatten. Helmut meinte: „Ich dachte ja, Sebastian wäre nicht ganz bei Trost, als er darauf bestand, dieses primitive Board mitzunehmen, das nicht mal lackiert ist. Er muss auf einem Ökotripp sein. Er hat betont, es sei aus einem besonderen Holz aus nachhaltigem Anbau. Tja, und was soll ich sagen? Es ist erstaunlich gut manövrierbar."

Er machte sich an seinem Surfbrett zu schaffen. Helmut Tack war Windsurfer, da konnte man sich nicht einfach so ins Wasser stürzen, wie ich es tat. Erst musste er Masten und Segel aufriggen und trimmen.

Everett befühlte das Segel. „Eine Schande, dass ich so unsportlich bin. Aber das Zuschauen macht ja auch Spaß. Vor allem bei den Kite-Surfern. Schaut euch den dort mal an, was der für wilde Drehungen in der Luft macht." Er deutete auf einen jungen Kerl im roten Neoprenanzug, der dank eines Lenkdrachens mit einem Affenzahn über das Wasser glitt und die gewagtesten Sprünge vollführte. Seine langen, dunklen Haare flogen nur so hin und her.

„Ich habe mich gestern mit ihm unterhalten", erzählte Everett. „Sein Name ist Fabio. Er studiert in Madrid Astrophysik und schreibt gerade seine Doktorarbeit."

Damit war Fabio natürlich der ideale Gesprächspartner für Everett, der selbst Astrophysiker war.

„Eine Doktorarbeit übers Surfen?", fragte Sarah Tack lachend.

„Nein, über Schwarze Löcher. Ich hoffe, es ist für euch okay, dass ich ihn eingeladen habe, mit uns zu Abend zu essen."

Bei der Erwähnung von Essen merkte ich, wie hungrig ich war. Plötzlich ertönte ein dumpfes Grollen. Konnte das mein Magen sein? Nein, es klang wie ferner Donner, aber weit und breit war kein Wölkchen zu sehen.

„Was ist das denn?", fragte ich.

Sarah klammerte sich an den Sonnenschirm. „Ein Erdbeben!"

Hektisch sah ich mich um. Wackelte etwas, stürzten Gebäude ein? Nein, alles schien in Ordnung, bis auf ein erneutes Grollen.

Everett hatte ein Fernglas dabei und beobachtete den Berg, der hinter uns aufragte. „Es könnten leichte seismische Aktivitäten sein. Immerhin befinden wir uns auf der drittgrößten Vulkaninsel der Welt."

Einige Surfer sprangen an Land und winkten den anderen, aus dem Wasser zu kommen. Bass und Nova waren noch weit draußen. Ich machte mir aber keine Sorgen, denn was konnten ihnen „leichte seismische Aktivitäten“ dort schon anhaben?

Auch Sarah beruhigte sich. „Ich dachte, der Teide sei erloschen.“

„Aber nein, das ist zwar ein schlafender Vulkan, aber er könnte jederzeit wieder aktiv werden“, erklärte Everett.

Sarahs Ruhe war dahin. „Heißt das, er könnte ausbrechen? Einfach so?“

„Nicht einfach so. Zuerst gäbe es natürlich Warnzeichen.“

„Was denn für Warnzeichen?“

Everett kratzte sich am Kopf. „Seismische Aktivitäten, schätze ich.“

Ich hatte während der Unterhaltung die ganze Zeit aufs Meer geschaut, um Nova und Bass im Auge zu behalten, und jetzt fiel mir auf, dass sich das Wasser nach der letzten Welle viel weiter zurückzog als üblich. Der Sog nach draußen schien gar nicht mehr aufzuhören. Ich sprang auf die Füße. „Das Wasser zieht sich zurück. Das ist ein Warnsignal für einen Tsunami.“

„Lauft!“, rief jemand unten am Strand, und alle Sonnenbadenden nahmen Reißaus. Nur ich konnte mich nicht rühren. Ich glaubte, das „Grauen am Eisbach“ wiederzuerleben, diesmal gleich doppelt. Bass und Nova waren da draußen, außerdem drei Windsurfer und Fabio mit seinem Lenkdrachen.

Helmut zog mich am Arm fort. „Schnell, lauf!“

„Was ist mit Bass und Nova?"

„Die müssen sich selber helfen. Wir können im Moment nichts für sie tun."

Widerstrebend ließ ich mich ein Stück mitziehen. Aber als mich Helmut losließ, drehte ich mich sofort wieder um. Das Meer war unnatürlich ruhig. In der Ferne sah ich einen schmalen, dunklen Streifen. Das musste die Wellenwand sein. Sie kam rasend schnell näher und türmte sich immer mehr auf. Bass und Nova waren noch weiter ins offene Meer gepaddelt und sahen der Welle entgegen. Das war schlau, denn je näher die Welle zum Strand kam, desto höher wurde sie. Weit draußen hatte man eher eine Chance, sich auf dem Board zu halten. Ob sie es schaffen würden, unter der Welle durchzutauchen?

Gelähmt vor Schreck beobachtete ich, wie die riesige Welle meinen besten Freund und meine halbmarsianische Freundin verschlang. Eine bange Sekunde später tauchten sie wieder auf. Nova war vom Board gerutscht, kletterte aber gerade wieder drauf. Zwei andere Surfer wurden herumgewirbelt wie Puppen. Der Kite-Surfer sprang in die Höhe und zog die Beine an. Doch die Welle erwischte ihn an den Unterschenkeln und riss ihn ins Meer zurück.

Das Wasser lief jetzt den Strand hoch, und zwar so schnell, dass sich nun doch mein Fluchttrieb regte. Ich spurtete los, fiel hin, wurde überrollt und versuchte, mich im Sand festzukrallen, aber er bot keinen Halt. Mir blieb nichts anderes übrig, als den Atem anzuhalten und mich so geschmeidig wie möglich in mein Schicksal zu ergeben.

Jemand griff nach mir. Als Nächstes hörte ich, wie eine Stimme meinen Namen brüllte. Dann hing ich wie ein lebloses Bündel in Everett Youngbloods behaarten Armen und wurde gefragt, ob ich okay sei.

Ich hustete und keuchte. Verschrammt und um eine Begegnung mit einem Tsunami reicher, ließ ich mich in den Sand sinken und wartete darauf, dass Bass und Nova an Land gespült wurden.

/4/

Keine Panik!

Bis zum Abend hatte sich das Meer beruhigt. Bei den Urlaubern hingegen herrschte Aufregung. Das Restaurant war zwar längst nicht so voll wie sonst, aber die Unterhaltungen an den Tischen schlugen hohe Wellen. Willde Spekulationen schossen ins Kraut, was die „Monsterwelle“ ausgelöst haben könnte. Mütter schworen, ihre Kleinen nicht mehr ins Wasser zu lassen, denn das sei ja viel zu gefährlich.

Am Tisch nebenan tönte ein gut Fünfzigjähriger: „Ach, das ist doch nicht der Rede wert. Auf Hawaii habe ich schon viel höhere Wellen gesehen. Zehn Meter und mehr!“

Ich musste grinsen. Wen wollte der Typ beeindrucken? Das wusste doch jeder, dass bei solchen Extremen die Strände gesperrt wurden. Obwohl … Nova wusste es anscheinend nicht, denn tatsächlich blickte sie den Angeber fasziniert an.

„Ich geh Nachschlag holen. Kommst du mit, Nova?“, lenkte Bass sie sogleich ab und stand auf. Ihm war das heutige Abenteuer offenbar in keiner Weise auf den Magen geschlagen, er zog schon zum dritten Mal los, um seinen Teller zu füllen. Nova und ich schlossen uns an, um das üppige All-you-can-eat-Buffett auf die Nachspeisen hin zu testen.

„Wie du nach der großen Welle wieder aufs Board gestiegen bist, Nova, das war eine reife Leistung“, lobte ich Nova, während ich einen Berg Crema Catalana zwischen das Tiramisu und das Vanilleeis mit Kirschen platzierte.

Aus Novas Gesicht wich die Farbe. Sie murmelte: „Ich hatte Todesangst. Bass hat mir zugerufen, was ich tun muss. Ohne ihn wäre ich verloren gewesen."

„Hm", machte ich. Jetzt war also Bass der Held, der sie gerettet hatte. Na ja, stimmte vermutlich sogar. Aber glücklicherweise nahm der Held unser Gespräch gar nicht wahr, sondern beschäftigte sich intensiv damit, auf seinem Nudelberg die Zucchini-Auberginen-Tomaten-Soße dergestalt zu verteilen, dass sie sich nicht über den Tellerrand ergoss. Doch so sehr er sich auch bemühte, es gelang ihm nicht. Den Weg zurück zum Tisch markierte er mit Klecksen am Boden.

Die Miene von Bass' Mutter verdüsterte sich. Nicht etwa, weil sie die Spuren ihres Sohnes auf dem Holzboden bemerkt hätte, sondern weil Fabio berichtete, was er über den Teide in Erfahrung gebracht hatte.

„Die seismischen Aktivitäten könnten auf einen baldigen Ausbruch des Teide hindeuten", raunte er. Ich hoffte auf ein Augenzwinkern, mit dem er zeigte, dass er nur Witze machte. Aber das Zwinkern kam nicht. „Ich habe einen Freund angerufen, der Geophysik studiert. Er hat die Daten eingesehen. Es handelt sich um ungewöhnlich starke Aktivitäten, die nicht sofort wieder abebben, wie die, die es vor ein paar Jahren gab."

„Aber der Berg sieht aus wie immer", wandte ich ein.

„Von außen vielleicht. Doch was passiert tief drinnen, unter der ruhigen Oberfläche? Da könnte jederzeit die Lava überkochen, so wie …"

Bass hielt mit dem Kauen inne und ergänzte: „Wie Tomatensauce, wenn man sie in der Mikrowelle zu stark erhitzt."

„Ja, da fliegen einem die Spaghetti nur so um die Ohren!“, bestätigte Helmut mit ernstem Gesicht. Sarah sah ihn verwirrt an, bis Helmut in Lachen ausbrach und uns alle ansteckte.

Dann schlug Everetts Stunde. Als sei er Fabios Professor, quetschte er ihn über seine Doktorarbeit aus, in der es um irgendeine obskure Eigenschaft von Schwarzen Löchern ging. „Schwarze Löcher sind unsichtbar“, dozierte Everett an uns andere gewandt. „Man kann sie nur anhand der von ihnen verursachten Wirkungen identifizieren. Sie senden Gammastrahlen aus und verschlukken Sterne.“

Wie auf Kommando verschluckte sich Bass. Er hustete, bevor er fragen konnte: „Sie tun was?“

„Sie schlucken alles, was ihnen zu nahe kommt.“

Ich grinste Bass an. „Genau wie du.“

Nova kicherte.

Bass verdrehte die Augen und ging sich demonstrativ Nachtisch holen.

Everett schüttelte grinsend den Kopf und verwickelte Fabio endgültig in eine Fachdiskussion.

Erst als Sarah gänzlich unwissenschaftlich vom schönen Sternenhimmel über uns zu schwärmen begann, ließen die beiden Astrophysiker von ihrem Thema ab.

In der Tat waren die Nächte in El Médano ungewöhnlich klar. Everett deutete an der Terrassenmarkise vorbei auf ein helles Objekt. „Das dort ist kein Stern. Das ist der Mars.“

Ich schaute auf den Himmelskörper, der wie der Mond das Sonnenlicht spiegelte, und fragte mich, was

Early dort oben wohl machte. Hatte er Tippy helfen können, das ominöse Katzenproblem zu lösen?

„Wie wäre es, wenn ihr mich morgen alle auf der Sternwarte besucht?“, schlug Fabio vor. „Ich verspreche auch, euch nicht mit langweiligen Details aus meiner Doktorarbeit zu nerven.“

„Das wäre super“, freute sich Nova.

„Na, ich weiß nicht so recht, ob es eine gute Idee ist, zum Teide hochzufahren.“ Sarah schien drauf und dran, uns allen den Ausflug zu verbieten. „Wo er doch plötzlich aktiv zu werden scheint.“

„Wenn ihr den Tag lieber wieder surfend am Strand verbringen wollt, kann ich das natürlich verstehen“, meinte Fabio an mich, Bass und Helmut gewandt.

„Nein, das geht gar nicht!“, rief Sarah. „Es könnte jederzeit wieder eine Monsterwelle geben. Es grenzt an ein Wunder, dass heute niemand verletzt wurde. Aber wer weiß …“

„Wie jetzt?“ Bass ließ den Löffel sinken. „Wir sind doch zum Surfen hergekommen!“

„Dann müsst ihr euch eben eine andere Beschäftigung suchen“, sagte Sarah.“

„Eine andere Beschäftigung?“ Ich hatte keinen blassen Schimmer, was das sein könnte.

„Ihr könntet lesen. Habt ihr Bücher dabei?“

Bass und ich schüttelten den Kopf.

„Ich kann euch welche leihen“, fiel uns jetzt auch noch Fabio in den Rücken.

Wir konnten doch nicht am Supersurfstrand liegen und lesen!

„Schaut morgen bei mir vorbei. Ich leihe euch *Per Anhalter durch die Galaxis*. Ich habe alle fünf Bände auf Englisch."

„Seht ihr", strahlte Sarah. „Schon ist der Urlaub gerettet."

Während sie ihre Schuhe auszog und mit Helmut barfuß durch den Sand Richtung Hotel schlenderte, flüsterte Fabio Everett zu: „Ich wohne in einem Campingwagen auf dem Parkplatz neben dem *Parador*."

Everett runzelte die Stirn. „Das *Parador*? Etwa das Hotel neben dem Teide-Gipfel?"

Fabio nickte so heftig, dass sein Pferdeschwanz auf und ab hüpfte.

„Von da ist es nicht weit zur Sternwarte, stimmt's?"

Fabio nickte noch einmal mit leuchtenden Augen.

„Na, wenn das so ist", meinte Everett grinsend, „sollten wir uns unbedingt bei dir mit Lektüre eindecken."

„Bringt warme Jacken mit, dort oben ist es sehr frisch." Fabio stieg in seinen verbeulten schwarzen Geländewagen und brauste davon.

/5/

Streng geheim

Am nächsten Morgen schaute Sarah immer wieder irritiert in den Himmel. Dabei gab das Wetter keinerlei Anlass zur Sorge. Die Sonne strahlte, so wie es ihre Pflicht gegenüber zahlenden Urlaubern war. Doch anstelle von Wolken zog etwas anderes durch das heitere Blau über uns.

„Kommt es mir nur so vor oder sind heute viel mehr Flugzeuge unterwegs als sonst?“, fragte Sarah.

Bass zuckte desinteressiert mit den Schultern und ich brummte ein ungnädiges „Hm“. Es war mir auch schon aufgefallen. Warum reagierten die Leute immer gleich so panisch? Nur weil es im Radio geheißen hatte, dass ein kleines Seebeben für die gestrigen Ereignisse verantwortlich gewesen war, musste man doch nicht gleich fluchtartig die Insel verlassen!

„Nun ja“, gab Sarah das Thema glücklicherweise wieder auf und meinte: „Ihr findet uns in der Nähe der Promenade. Wir gehen heute nicht ganz so nah ans Wasser.“ Dann hakte sie sich bei Helmut unter, an dessen gequältem Gesicht ich ablesen konnte, dass er nicht sonderlich scharf darauf war, die deutschen Zeitungen und Wirtschaftsmagazine durchzublättern, die Sarah ihm besorgt hatte. Aber Windsurfen konnte er für heute vergessen.

Kaum waren die beiden verschwunden, kurvte das schnittige Cabrio um die Ecke, das Everett gemietet hatte. Wir sprangen über die geschlossenen Türen hinten rein.

Auf der Fahrt durch die staubige, karge Insellandschaft flog mir feiner Sand in die Ohren, den der Nordostpassat durch die Gegend wirbelte. Auch das

Innere des Cabrios war bereits mit einer Sandschicht überzogen. Nova hatte es gut, ihre Ohren waren mal wieder mit den Kopfhörern ihres MP3-Players verstöpselt. Sie saß vor mir auf dem Beifahrersitz und wiegte den Kopf im Rhythmus der Musik.

Nach jeder Menge Serpentinen schloss Everett das Verdeck, denn es wurde merklich kühler. Dafür gab es endlich so etwas wie Vegetation, weit mehr, als man vom Strand aus erahnen konnte. Auf dem Hochplateau, den sogenannten Cañadas, wurde es wieder etwas karger. Die Landschaft änderte ständig ihr Gesicht.

„Ich hatte keine Ahnung, dass es Gestein in so vielen verschiedenen Farben und Formen gibt“, staunte ich.

Everett bog nach rechts auf den Parkplatz des *Parador*. Gegenüber dem flachen Hotelgebäude erhob sich das kantige Massiv des Teide. Noch nie war ich einem Vulkan so nah gewesen. Ohne es zu wollen, stellte ich mir vor, was passieren würde, wenn er tatsächlich ausbräche. Lavamassen, die aus seinem Inneren herausgeschleudert würden, könnten hier alles in eine brodelnde Hölle verwandeln.

Ein verschlafenes „Hi“ riss mich aus meinen düsteren Gedanken. Ich drehte mich um und sah eine dampfende Kaffeetasse mit *Real-Madrid*-Aufdruck. Fabio pustete vorsichtig hinein.

„Ihr seid früh dran“, begrüßte er uns.

Hinter ihm, in der Tür eines großen Wohnwagens, der nicht minder zerbeult war als Fabios Auto, erschien eine Frau, wie Fabio Mitte zwanzig. Aus ihren glatt herabhängenden, verblüffend blonden Haaren stach zu jeder Seite lustig ein Ohr heraus. Offensichtlich störte es sie nicht, dass sie ziemlich abstanden, sonst hätte sie sie wohl mit einer wilden Lockenmähne verdeckt.

„Wenn du meine Ohren noch länger anstarrst", sprach sie mich amüsiert an, „kommst du vielleicht hinter ihr Geheimnis."

„S-sorry", stotterte ich und merkte, dass es nun meine Ohren waren, die die allgemeine Aufmerksamkeit auf sich zogen. Ich spürte geradezu, wie sie im Eiltempo puterrot anliefen.

Fabio lachte und trat neben seine Freundin. „Yesy ist in einem kleinen Dorf aufgewachsen, wo die Lehrer die Schüler an den Ohren ziehen durften, wenn sie nicht spurten. Tja, und das sind nun die Spätfolgen."

Weiter kam er nicht, denn Yesy schlug ihm die Zeitschrift, die sie in der Hand hielt, auf den Kopf. Fabio flüchtete lachend.

„Fab, du alter Geschichtenerfinder." Auch Yesy lachte.

Ich war froh, dass sich meine Ohren wieder abkühlten, und sagte lieber gar nichts mehr. Dafür ließ sich Nova von Yesy erklären, dass ihr Name die Kurzform von Yesenia sei.

„Steigt bei mir ein", forderte Fab uns auf. „Ich bringe euch zur Sternwarte.

„Ich bleibe hier", sagte Yesy, nahm Fab die Kaffeetasse aus der Hand und trank sie aus. „Ich habe heute Morgen Wildprets Natternkopf gesammelt und möchte Proben von den Griffeln nehmen."

„Nattern haben Griffel?", wunderte sich Nova. „Aber Schlangen haben doch nicht mal Arme."

„Nein, keine Schlange. Der Wildprets Natternkopf ist eine Pflanze, die nur hier oben wächst, sonst nirgends auf der Welt. Sie wird bis zu drei Metern hoch und hat wunderschöne rote Blüten."

„Yesy ist Biologin. Sie studiert die Flora der Insel", erklärte Fab. „Also, überlegt euch, ob ihr lieber Yesy beim Blütenrupfen zuschauen oder mit mir zusammen das Observatorium besichtigen möchtet."

Natürlich brauchten wir nicht lange zu überlegen, stiegen zu Fab in den Geländewagen und fuhren zur Sternwarte. Dort waren wir leider nicht allein. Es gab neben Fabio noch andere Astrophysiker und Astronomen, und die wollten hier in Ruhe arbeiten. Aber Fab zeigte uns auf Drängen von Everett wenigstens einige Computer-Simulationen, auf denen man sehen konnte, wie ein schwarzes Loch an einer Galaxie vorbeizog. Die Lichtpunkte der Galaxie krümmten sich dabei ziemlich merkwürdig, bevor sie wieder in ihre Ausgangsposition zurückkehrten.

Scheinbar rein zufällig wanderte das simulierte Teleskop Richtung Mars. Ich konnte zwar keine Staubstürme oder Eiswolken ausmachen, wie ich es im Internet auf Aufnahmen der Mars-Sonde Pathfinder gesehen hatte, aber immerhin einige Schatten, die vielleicht von den Tharsis-Vulkanen geworfen wurden. Ich unterdrückte den Impuls, Everett danach zu fragen, sonst hätte Fab womöglich nachgehakt, warum wir uns ausgerechnet für den Mars interessierten.

Wir hatten die Zeit total vergessen, als Everett zum Aufbruch drängte. „Sonst wird uns deine Mutter die

Hölle heiß machen, heißer als jeder Vulkan", sagte er mit scheinbar sorgenvollem Gesicht zu Bass.

Also fuhren wir zurück zum *Parador*, um die Science-Fiction-Romane zu holen, die als Alibi für unseren Ausflug dienten.

Fab riss die Tür des Wohnwagens auf und sprang hinein. Wir warteten draußen, konnten aber direkt auf den Arbeitstisch sehen, wo Yesy an tentakelartigen Blättern herumdokterte. Wir schauten wohl nicht desinteressiert genug, jedenfalls winkte sie Nova und mich herein. Bass entzog sich, indem er vorgab, noch mal schnell auf die Toilette im *Parador* zu müssen. Everett folgte ihm.

Tatsächlich lagen vor Yesy in einem Schälchen schon jede Menge von den kleinen Dingern, die sie offenbar von den Blättern abgeschabt hatte. Ich konnte mir nicht vorstellen, dass jemand damit etwas Spannendes anzufangen wusste. Während sich Nova geduldig etwas über den *Natternkopf* im Allgemeinen, im Besonderen und im ganz Speziellen anhörte, ließ ich meinen Blick über Yesys Arbeitsplatz gleiten. Da gab es Gläschen mit farblosen und bunten Flüssigkeiten, Pinzetten, ein Mikroskop und kleine, aufeinandergepresste Glasplättchen, zwischen denen schmierige Substanzen klebten. Einige verschlossene Reagenzgläser steckten in gecrushtem Eis. Augenblicklich verspürte ich Lust auf eine gekühlte Riesencola.

Im hinteren Teil des Wohnwagens grummelte Fab: „Wo sind denn die Bücher? Hast du aufgeräumt, Yesy? Ich finde überhaupt nichts bei dieser Ordnung."

Yesy seufzte und stand auf, um Fab zu Hilfe zu kommen. Ich war inzwischen bei den Fotos angelangt, die Yesy an der Pinnwand über ihrem Arbeitstisch hängen hatte. Eine tolle Fotografin konnte man Yesy nicht gerade nennen. Keines der Fotos hatte auch nur den geringsten Charme. Anstelle von Sonnenuntergängen an der Bucht von El Médano oder Fabs tollkühnen Sprüngen mit dem Kite-Board hatte sie ausschließlich Pflanzen geknipst. Viele Bilder von diesem Natternkopf waren dabei, aber auch etwas, das aussah wie eine öde Margerite, außerdem üppige Glühbeeren-Sträucher.

Augenblick mal … Glühbeeren? Das konnte nicht sein! Ich ging so nah an das Foto heran, dass meine Nase fast dagegenstieß. Eindeutig: Diese Pflanzen wuchsen kopfüber von einer Höhlendecke, hatten fast durchsichtige Blätter und weiße oder rote Beeren, die kräftig schimmerten.

Ich zeigte Nova meine Entdeckung. Sie riss verblüfft die Augen auf.

„Gefunden“, sagte Yesy, die plötzlich hinter uns stand. Fab tauchte neben ihr auf und hielt mir die Bücher entgegen. Beide taten so, als ob sie nicht bemerkt hätten, wie gefangen wir von dem Foto gewesen waren.

Während ich mich ertappt fühlte, fragte Nova drauflos: „Was ist das denn für eine seltsame Pflanze? Die leuchtet ja. Gibt’s sowas überhaupt?“ Sie setzte ein unschuldig interessiertes Schülergesicht auf.

Es schien so, als ob sich nun Yesy ertappt fühlte. Auf jeden Fall wich sie aus. „Ach, das sieht nur so aus, weil ich mit sehr starkem Blitzlicht fotografiert habe, um die Details in der Blütenstruktur herauszuarbeiten.“

In diesem Moment kamen Bass und Everett, um uns zu holen.

Yesy und Fab winkten zum Abschied, als wir mit dem Cabrio losdüsten.

„Das waren eindeutig Glühbeeren“, flüsterte ich Nova ins Ohr. „Darauf verwette ich mein Board.“

/6/

Steine und Beeren

Everett glaubte nicht, dass wir auf den Fotos wirklich Glühbeeren gesehen hatten. „Das ist völlig unmöglich", wandte er ein. „Es muss sich um eine Pflanze handeln, die zufälligerweise so ähnlich aussieht. Schließlich bietet diese Insel viele botanische Überraschungen. Dafür ist sie bekannt."

Ich konnte mir einen derartigen Zufall nicht vorstellen, aber Everett hatte keine Lust, weiter darüber zu diskutieren. Er musste sich konzentrieren, denn uns kamen zahlreiche Autos entgegen, was uns immer wieder gefährlich nah an den Rand der stellenweise steil abfallenden Felswand brachte. Als sich auch noch ein Bus an uns vorbeidrängte, meinte Everett: „Da leiht man sich schon mal ein Cabrio und kann nicht mal ordentlich Gas geben."

Nach dem Bus kam noch ein Auto, dann plötzlich keins mehr. Drei Kurven weiter sahen wir den Grund: Steinschlag. Eine regelrechte Gerölllawine hatte sich quer über die Straße ergossen. Auf der Talseite der Lawine stauten sich die Wagen bis zur nächsten Serpentine und womöglich noch viel weiter. Wir stiegen aus und Everett holte das Warndreieck aus dem Kofferraum. Bass joggte damit los, um es aufzustellen. Er war kaum zurück, da kam schon ein weißer Ford Fiesta um die Kurve, der dank der Warnung bremste und knapp hinter uns zum Stehen kam.

Everett betrachtete nachdenklich das Hindernis auf der Straße. „Es muss weitere seismische Aktivitäten gegeben haben."

Der Mann, der aus dem Fiesta stieg, meinte, dass es bestimmt eine Weile dauern würde, bis jemand käme, um die Straße frei zu machen. „Wir drehen besser um", fügte er hinzu.

Er beschrieb uns den Weg. Wir mussten erst wieder hoch zum Teide und dann über den Südhang zur Autobahn.

Bass holte sein Handy heraus. „Ich rufe Mum an und sage ihr, dass wir nicht pünktlich zum Essen da sind. Sonst macht sie sich Sorgen und hält uns nachher stundenlange Standpauken."

Es war gar nicht so einfach, auf der engen Fahrbahn zu wenden. Bass und ich standen am Straßenrand und gaben Everett Zeichen, wenn die Räder der Böschung oder dem Abgrund zu nahe kamen. Nova sah die ganze Zeit sorgenvoll nach oben. Wo sich eine Steinlawine gelöst hatte, konnte jederzeit eine zweite folgen.

Schließlich hatten wir es geschafft. Auf der Weiterfahrt hielten wir kurz, um das Warndreieck wieder einzusammeln. Weitere Autos hatten angehalten und das Ende des Staus war nun gut zu sehen.

„Ich muss mal pinkeln", meinte Nova nach einer Weile.

„Auf der Fahrt habe ich vorhin einen Wanderparkplatz gesehen", sagte Everett. „An dem müssten wir gleich wieder vorbeikommen."

Nach einigen Kilometern bog Everett auf einen Feldweg ein, der zwischen niedrigen Büschen zu einem ausgeschilderten Parkplatz führte. Dort stand bereits ein schwarzer, zerbeulter Geländewagen.

„Das ist doch Fabs Wagen." Bass ging ihn sich näher ansehen, während Nova den Wanderweg entlanglief, auf der Suche nach einer Stelle, wo sie ihre Blase entleeren konnte. „Eindeutig“, sagte Bass. „Er hat einen Sticker von *Real Madrid.*“

Kurz darauf kam Nova wieder. Sie hatte es eilig und knöpfte im Laufen ihre Jeans zu. „Kommt schnell. Um die Ecke liegt eine Höhle, aus der ich seltsame Geräusche gehört habe. Fast wie Hilferufe. Vielleicht ist jemand darin gefangen.“

Everett öffnete den Kofferraum.

„Ich glaube, da hilft uns ein Warndreieck auch nicht weiter“, meinte ich.

Everett zeigte mir den Wagenheber in seinen Händen.

Dass er damit intuitiv das richtige Werkzeug mitgenommen hatte, sahen wir sofort, als wir die Höhle betraten. Nach wenigen Schritten stießen wir auf ein Hindernis. Steinbrocken lagen im Weg, von der anderen Seite arbeitete sich jemand mit der Spitzhacke durch, konnte aber gegen die größeren Steine wenig ausrichten.

„Bist du das, Fab?“, rief Everett.

„Ja“, kam Yesys Stimme durch das Loch, das sie inzwischen freigehackt hatte. „Fab und ich sind hier eingeschlossen. Gott sei Dank, dass ihr da seid.“

Wir trugen mühsam die Steine ab und beseitigten die größeren Brocken mit einer raffinierten Konstruktion aus dem Wagenheber, zwei Ästen und der Spitzhacke, die Yesy zu uns durchreichte.

Endlich war das Loch so groß, dass Yesy und Fab hindurchkriechen konnten.

Wir gingen alle ins Freie und klopften uns den Staub aus den Klamotten. Yesy und Fab trugen Schutzhelme mit Grubenlampen, die sie absetzten, um sich den Schweiß von der Stirn zu wischen.

„Danke. Ohne euch wären wir da nie wieder lebend rausgekommen“, sagte Yesy, deren Ohren dank der schweißnass angeklatschten Haare noch stärker hervorstanden. Fab holte eine Trinkflasche aus dem Geländewagen und reichte sie Yesy, die gierig trank und dann ihren Rucksack absetzte. Er fiel um und eine rote Beere rollte heraus.

Nova hob sie auf und steckte sie in den Mund.

„Spuck sie aus!“, schrie Yesy. „Was, wenn sie giftig ist?“

„Nein. Die ist lecker. Schön süß. Nur die weißen Glühbeeren sind eklig.“ Nova sah mich an. „Ja, eindeutig eine rote Glühbeere. Der Geschmack ist unverwechselbar.“

Yesy starrte sie entgeistert an. „Du … du kennst diese Pflanze? Oh Mist, ich dachte, ich hätte eine neue Art entdeckt. Aber von Glühbeeren habe ich noch nie gehört.“

Ich verzog den Mund, und Nova kapierte, dass sie zu viel gesagt hatte.

„Wo hast du diese Pflanze gefunden?“, fragte ich Yesy.

Yesy reichte Fab seufzend die Trinkflasche zurück. „Dort drüben in der Höhle. Erst habe ich nur ein Foto gemacht, um nachzusehen, ob sie unter Artenschutz steht. Aber in meiner Datenbank gab es nichts Vergleichbares. Darum wollte ich diesmal ein Exemplar mitnehmen und näher untersuchen.“

Sie erzählte uns, dass sie die Spitzhacke gebraucht hatte, um den Strauch von der Höhlendecke zu lösen. „Ist doch unglaublich, oder? Ein Strauch, der in völliger Dunkelheit von oben nach unten wächst und dessen Beeren leuchten. Ich dachte, ich hätte eine sensationelle Entdeckung gemacht. Und jetzt heißen die Dinger Glühbeeren und anscheinend kennt sie jedes Kind." Sie sah sehr enttäuscht aus, und Fab gab ihr einen tröstenden Kuss.

Nova und ich schwiegen betreten. Genau genommen war Yesys Fund eine noch viel größere Sensation, als sie ahnte.

Everett zog uns beiseite. „Hört mal, ich denke, wir sollten die beiden einweihen. Ich traue ihnen und bin sicher, dass sie verstehen werden, wie wichtig unser Geheimnis ist."

„Aber warum sollten wir es ihnen überhaupt erzählen?", wollte Bass wissen.

„Weil wir herausfinden müssen, wie die Glühbeeren hierhergelangt sind. Dabei könnte Yesy uns helfen. Ausserdem gilt es zu klären, wie diese Pflanzen sich auf die Insel auswirken. Unter Umständen wäre es wichtig, sie alle zu beseitigen, bevor ein ökologischer Schaden entsteht."

Wir gingen wieder zu unseren spanischen Freunden zurück.

Zunächst bombardierte Everett sie mit Fragen. „Wo genau habt ihr die Sträucher gefunden? Wie viele wachsen dort?" und so fort.

Wir erfuhren, dass der Bewuchs weiter hinten in der Höhle immer dichter wurde. Aber der Gang verengte sich an einer Stelle so, dass Yesy und Fab nicht durchgekommen waren. Darum wussten sie nicht, wie viele Sträucher dahinter noch zu finden waren. „Allerdings konnten wir durch den Spalt sehen, dass es dahinter hell war. Vermutlich wachsen dort sehr viele von den Glühbeeren, bis tief in die Höhle hinein.“

„Mist!“, murmelte Everett.

Nova, die um einiges dünner war als Yesy, schlug vor: „Vielleicht könnte ich mich durch den Spalt zwängen.“

Yesy nickte. „Das könnte sein, aber warum willst du überhaupt das Risiko eingehen?“

„Ich erkläre euch alles“, sagte Everett. „Inzwischen schaut sich Nova in der Höhle um. Jemand muss sie begleiten.“

„Ich mache das“, boten Bass und ich fast gleichzeitig an.

„Wir haben nur zwei Helme.“ Yesy setzte Nova ihren Helm auf, und Fab drückte seinen Helm auf meinen Kopf mit der Begründung: „Du bist schlanker.“

Bass grummelte, dass er nie wieder ein All-you-can-eat-Restaurant besuchen würde.

Alle gemeinsam gingen wir bis zum Höhleneingang, wo wir überprüften, ob wir Handyempfang hatten, falls Nova und ich in Not geraten sollten.

Bass schlug mir auf die Schulter. „Hals- und Beinbruch.“

Der schwierigste Teil bestand darin, durch das Loch zu kriechen, aus dem wir vorhin Fab und Yesy befreit hatten. Danach ging es problemlos weiter. Die Grubenlampen konnten wir nach einer Weile ausschalten, denn genau wie Yesy gesagt hatte, wurde der Bewuchs mit Glühbeeren immer dichter. Kein Wunder, dass Yesy völlig aus dem Häuschen gewesen war über ihren Fund.

Schließlich gelangten wir an die enge Stelle. Nova zwängte sich durch. „Hier ist Endstation“, berichtete sie. „Es gibt keine Gänge mehr, nur eine Öffnung ziemlich weit oben. Und die ist zu klein für einen Menschen.“

In dem Moment ertönte ein tiefes Vibrieren, das mich erstarren ließ, denn ich hielt es für den Vorboten eines weiteren Erdbebens. Doch dann hörte ich Nova erst aufkreischen und anschließend kichern. Als sie kurz darauf durch den Spalt zurückkam, war sie nicht allein. Sie hatte die Geräuschquelle dabei.

„Schaut mal, wer gerade auf mir gelandet ist“, sagte Nova und drückte mir meinen Freund Earl Grey in den Arm. Das Vibrieren war sein Schnurren nebst Echo gewesen.

/7/

Insel in Gefahr

Ich war so baff, dass ich Early einfach nur anstarrte, während er in meinem Arm ein dröhnendes Schnurrkonzert veranstaltete und wie wild an meiner Brust zu treteln begann. Selbst durch den dicken Pulli, den ich trug, spürte ich seine scharfen Krallen.

„Autsch, lass das! Du verrückter Kerl. Wie kommst du überhaupt hierher?"

Er legte treuherzig den Kopf schief, als wollte er sagen: „Freust du dich, mich zu sehen?"

„Wir müssen nach draußen, damit er mit uns reden kann", meinte Nova.

Als wir uns dem Höhlenausgang näherten, hörte ich Fabs aufgebrachte Stimme. „Ich bin Wissenschaftler, also hör auf, mir so einen Unsinn weißmachen zu wollen, Everett!"

„Grüne Marskatzen", fiel Yesy ein. „Das ist doch lächerlich."

In dem Moment traten wir ins Freie.

„Schaut mal, wen wir gefunden haben", sagte ich mit unschuldiger Miene und beobachtete amüsiert, wie Fab und Yesy dabei waren, einen Weltrekord im Augenaufreißen aufzustellen. „Early, das sind unsere neuen Freunde Fab und Yesy." Ich setzte den Kater auf dem Boden ab, wo er seine übliche Begrüßung in den groben Sand schnurrte: „Can you read English?"

„Das ist doch … das … wie ist das möglich?" Yesy hielt sich an Fab fest. Der bewies bessere Nerven, ging in die Hocke und malte mit einem Finger ein YES in den Sand.

Ich unterbrach ihn, bevor er sich weiter schriftlich bemühte. „Er versteht dich, wenn du redest."

„Ah, alles klar.“ Fab stand auf und räusperte sich, bevor er weitersprechen konnte. „Genau das hat Everett über die Marskatzen erzählt. Irre.“

Everett schärfte den beiden ein, unbedingtes Stillschweigen zu bewahren – nun nicht mehr bloß über die Glühbeeren, sondern auch über die Marskatzen.

Dann fragte ich Early, was er hier machte. Wie sich herausstellte, war er mir keineswegs aus Sehnsucht nachgereist. Er weilte sogar schon viel länger auf Teneriffa als ich.

„Na ja, da sind doch diese Probleme auf dem Mars“, druckste Early herum. Ich kannte ihn gar nicht so einsilbig. Ich erinnerte mich an Tippy, die verhindert hatte, dass er mich einweihte.

„Was für Probleme?“ Bass wurde hellhörig. „Musstest du vom Mars fliehen? Ist Darjeeling auch hier?“ Als Early nicht gleich antwortete, hakte Bass ungeduldig nach. „Ist sie in Gefahr?“ Er wurde laut. „Jetzt sag schon, Early!“

Early wirkte so geknickt, wie ich ihn noch nie gesehen habe. „Darjeeling …“ Er zögerte, den Satz zu vollenden, aber Bass ließ nicht locker.

„Sie ist verschwunden. Sie und einige andere Katzen. Wir haben in allen Tunneln nach ihnen gesucht. Sie sind wie vom Marsboden verschwunden.“

Nova sah Early erschrocken an. „Wie konnte das passieren? Wann fing das an?“

„Ich habe davon nach der Filmvorführung erfahren. Da hat Tippy mir gesagt, dass ein paar Tage zuvor Oolong spurlos verschwunden war. Darum habe ich Mike nicht zur Erde zurückbegleitet.“ Wir konnten kaum so schnell lesen, wie Early seinen Bericht in den Sand schnurrte. „Kurz darauf waren plötzlich auch Chun Mee und Gunpowder unauffindbar."

Der Rest war rasch erzählt: Early beschloss, mit einigen Katzen nach Teneriffa zu moongaten. Die Landschaft kannte er von den Bildern, die er in meinen Fotoalben gesehen hatte. „Es sieht ein bisschen aus wie auf dem Mars, darum erschien und das ein guter Ort für einen Neuanfang", schnurrte er, während wir um ihn herumstanden und seine Worte aus dem Sand lasen. „So wie Menschen als Kolonisten auf den Mars kamen, gehen wir als Kolonisten auf die Erde. Das war der Plan." Earlys Schwester Darjeeling verschwand tragischerweise kurz vor dem Umzug auf den Teide.

Die Auswanderer-Katzen landeten in dieser Höhle und waren begeistert. Die Höhlendecken stellten sich als hervorragend geeignet für eine Turbo-Glühbeeren-Zucht heraus. Immer mehr Katzen kamen nach und richteten es sich in der Höhle gemütlich ein. Dabei schnurrten sie sich in bewährter Weise ihre Exil-Behausungen zurecht.

„Wie kann man mit Schnurren Stein schneiden?", staunte Fab.

„Soll ich es dir zeigen?" Early hockte sich auf einen Steinbrocken und schnurrte, bis der Fels unter ihm zu kleinen Kieseln zerbröselte und Earlys Pfoten nach allen Richtungen wegrutschten. Er hüpfte in die Höhe und gab einen belustigten Quietscher von sich.

„Ich finde das überhaupt nicht witzig!", sagte Bass. „Wer weiß, was deiner Schwester und den anderen gerade passiert, während du hier herumalberst."

Early senkte sogleich zerknirscht sein Köpfchen.

„Ich fürchte, wir haben ein noch größeres Problem", sagte Fab und sah sehr ernst aus, als er fortfuhr: „Dieses machtvolle Schnurren der Marskatzen könnte den plötzlichen Anstieg an seismischer Aktivität erklären."

Mir gefror das Blut in den Adern. Er hatte Recht! Verdammt, es waren Early und seine Freunde, die den Teide aufweckten! Auf dem Mars, wo es in den bewohnten Gebieten keine vulkanische Aktivität gab, stellte das heftige Geschnurre kein Problem dar. Aber hier würden sie damit innerhalb kürzester Zeit die ganze Insel zerstören. Nicht auszudenken, was passieren würde, wenn … Ich griff mir an den Kopf. Wir mussten das unbedingt verhindern. Aber wie?

„Ihr könnt hier nicht bleiben", sagte ich zu Early. „Und schon gar nicht dürfen alle anderen nachkommen. Das wäre der Untergang der Insel. Wir müssen herausfinden, was auf dem Mars passiert ist und wohin eure Freunde verschwunden sind. Wenn wir die Gefahr beseitigen, könnt ihr wieder auf den Mars zurückziehen."

Early nickte. „Das wäre gut. Werdet ihr uns helfen?"

„Na klar", versprach Bass. „Für meine süße Darjeeling tue ich alles."

„In Ordnung. Ich gehe unser Moongate holen", schnurrte Early. „Und ich sage den anderen, was wir vorhaben."

Nachdem er in der Höhle verschwunden war, sagte Everett: „Wir nehmen Early und die Purrolatoren ins Hotel mit, um dort zu unserer Exkursion aufzubrechen.

Zu unserer Suite gehört ein Balkon, von dem aus wir starten können."

„Dürfen wir mitkommen?", fragte Fab. „Das klingt noch viel interessanter als die Suche nach Schwarzen Löchern. Stell dir vor, Yesy, wir werden zum Mars reisen!"

Sie strich sich eine Haarsträhne hinters Ohr, die aber gleich wieder nach vorne fiel. „Das glaube ich erst, wenn ich dort bin."

Early brachte das Moongate in einem Koffer, der fünfmal so groß war wie er selbst, aber von allein über ihm zu schweben schien. „Malgentechnologie", erklärte er und deutete auf den lilablassblauen Glibber, der auf seinem Rücken saß. „Mit denen kann man Sachen zum Schweben bringen."

„Was, die Malgen habt ihr auch hergebracht?", rief Everett entsetzt. „Die dürfen sich auf keinen Fall hier ausbreiten." Er nahm den Koffer und deutete auf den Glibber. „Schick es … ihn … die da … in die Höhle zurück."

Early schnurrte etwas, das sehr freundlich klang, und der Glibber robbte zurück in die Höhle.

Wir stiegen in unsere Autos und fuhren zur Straße. Die schien inzwischen freigeräumt worden zu sein, denn ein steter Touristenstrom schob sich den Berg hoch.

Wir machten uns mit der seltsamen Fracht an Bord auf den Weg ins Hotel. Early vertrug das Autofahren nicht, er fühlte sich dabei elend, aber noch grüner konnte er ja kaum werden. Etwas blass um die Nase erschien er mir allerdings. Für Marskatzen war eine gleichmäßige, gleitende Bewegung Gift, weshalb Everett immer wieder scheinbar unmotivierte Schlenker machte und den Wagen durch plötzliche Tritte auf die Bremse hoppeln ließ. Die anderen Autofahrer mussten ihn für einen üblen Sonntagsfahrer halten. Aber wir konnten nicht riskieren, dass Early in einen Gleitschock verfiel, aus dem ihn nur ein Tierarzt zurückzuholen vermocht hätte, der mit Marskatzen vertraut war. Wir wollten ein marsianisches Problem lösen, kein zusätzliches produzieren.

Plötzlich gestikulierte Yesy im Geländewagen vor uns wie wild. Fab fuhr rechts ran, Everett hielt hinter ihnen.

„Jetzt seht nur“, hörten wir sie begeistert rufen, während sie sich auf eine Pflanze stürzte, die wie ein gigantischer Löwenzahn aussah. „*Sonchus acaulis.* Den findet man sonst nur im Anaga-Gebirge.“ Wie es sich für eine Biologin gehörte, hatte sie Utensilien dabei, um eine Probe zu nehmen. Sie schnitt ein Stück vom Stängel ab und steckte es in ein verschließbares Reagenzglas. Dann konnte es weitergehen.

Als wir uns El Médano näherten, zogen Wolken auf. Innerhalb weniger Minuten war der Himmel grau und es begann zu schütten. So ein Wetter hatte ich hier noch nie erlebt, aber ich war bisher auch nur im Sommer auf der Insel gewesen. Es hatte aber einen Vorteil: Ich konnte Early unter meinen Pulli stecken und kein Mensch achtete auf mich, als ich geduckt ins Hotel rannte. Ich sah aus wie ein ganz normaler Junge, der sich schnellstens vor dem Mistwetter in Sicherheit bringen wollte, nicht wie jemand, der einen Marskater hineinschmuggelte.

Wir brachten Early in Everetts und Novas Suite. Fab legte den Koffer mit dem Moongate auf den Schreibtisch. Nova kümmerte sich um Early, der schlapp in ihren Armen hing. Sie fütterte ihn mit den Glühbeeren aus Yesys Rucksack.

Wir einigten uns darauf, dass Fab und Yesy bei Early blieben, da sie sowieso viel zu aufgeregt waren, um etwas zu essen. Wir hingegen trafen uns mit Sarah und Helmut am Mittagsbuffet.

„Ich habe Hunger wie ein Bär", bemerkte Bass.

Immerhin schlug ihm die Sorge um Darjeeling nicht auf den Magen. Ich boxte ihn andeutungsweise in den Bauch. „Ja, so wie dein Magen knurrt, sind da drin auch seismische Aktivitäten zu erwarten."

/8/

Invasion im Kopf

Wir hielten es für einen Glücksfall, sagen zu können, die Straße sei blockiert gewesen, denn dies war eine prima Entschuldigung für unser langes Wegbleiben. Um Sarah gar nicht die Gelegenheit zu lassen, nachzuhaken, wo uns der Steinschlag den Weg versperrt hatte, schmückten wir die Szenerie so dramatisch aus, wie es nur ging.

Doch wir hatten unsere Taktik nicht zu Ende gedacht. Zwar wunderten sich Bass' Eltern nicht mehr, wo wir so lange geblieben waren, aber die Geschichte versetzte Sarah endgültig in Alarmbereitschaft.

„Steinschlag? Gab es da oben auch ein Erdbeben? Wir sollten schnellstmöglich auf einen früheren Heimflug umbuchen, bevor wir alle sterben“, steigerte sie sich in eine astreine Panik hinein.

Helmut legte ihr eine Hand auf den Unterarm und meinte: „Immer mit der Ruhe. Wenn wirklich eine ernstzunehmende Gefahr bestünde, würde man die Insel evakuieren.“

Hoffentlich passierte das nicht, denn wir wurden hier gebraucht.

„Bass, Nova, kommt ihr mit?“, krächzte ich, als ich vom Tisch aufstand.

Doch dann schluckte ich meine aufkommende Unsicherheit hinunter, während Nova erklärend einsprang: „Wir machen uns einen ruhigen Nachmittag in unseren Zimmern mit den Büchern, die wir von Fab bekommen haben. Das Strandwetter hat uns ja sowieso im Stich gelassen.“ Sie gab sich größte Mühe, gleichmütig zu wirken. Doch unter ihrem Igelhaar blitzten die Augen verdächtig unternehmungslustig.

Sarah zweifelte sichtlich, dass wir es lange im Zimmer aushalten würden. Also fügte ich rasch an: „Wir machen einen Lesewettbewerb. Wer als erstes 100 Seiten schafft.“

„Und was gewinnt der dann?“, fragte Sarah interessiert.

„Er darf aufhören zu lesen“, grinste Bass. Er verschlang den letzten Rest seines Karamellpuddings, hielt den Schlüssel unseres Zimmers in die Höhe und rief: „Ich bin Erster!“ Dann spurtete er in Richtung Treppenhaus.

Nun schien Sarah davon überzeugt, dass wir die nächsten Stunden lesend zubringen würden. Erstaunlich entspannt lächelte sie ihrem Mann zu.

Natürlich ließen Bass und ich unser Zimmer links liegen und kehrten mit Nova zurück in die Suite der Youngbloods, um mit den Vorbereitungen für unsere Marsexpedition zu beginnen.

Everett stand bereits auf dem Balkon und hielt einen Finger in die Luft. Wir hatten in jeder Hinsicht Glück: der Balkon war überdacht und auf beiden Seiten mit einem Windschutz versehen. Everett spannte den Sonnenschirm auf, der am Balkongeländer befestigt war. „So sind wir komplett windgeschützt und auch vor neugierigen Blicken sicher“, erklärte er.

Nova legte ein Bettuch auf den Balkonboden und sagte zu Yesi, die ihr dabei half, das Tuch glattzuziehen: „Damit schützen wir den Marssand vor Feuchtigkeit.“

Fab lehnte an der Balkontür: „Wieso machen wir es nicht im Zimmer? Ist doch viel einfacher.“

„Das niederfrequente Schnurren der Purrolatoren kann zwar die kosmischen Verspannungen auflockern, die unsere Gegenwart von der marsianischen Zukunft trennen, aber durch Hausmauern kommt es nicht", sagte ich, öffnete Earlys Koffer und fand darin eine Tüte Marssand, den ich kreisförmig auf dem Bettuch ausstreute. Everett nahm die sieben gelblich schimmernden Steine aus dem Koffer und hielt die Flächen der pyramidenförmigen Dinger so lange aneinander, bis ihm die Reihenfolge klar war, in der sie angeordnet werden mussten.

Kaum hatte er sie um den Sandkreis aufgestellt und ein wenig hin- und hergeruckelt, um die Seiten aufeinander auszurichten, konnten wir ein tiefes Schnurren vernehmen. Die Steine erfüllten brav ihre Aufgabe und bewegten mit diesem Ton auch schon den Sand. Der zog sich erst zu einem Ring zusammen und stieg dann langsam nach oben. Dass die so entstehende Wand aus Sand nicht über Kniehöhe hinauswuchs, wunderte uns nicht. Für die Katzen reichte das ja völlig. Damit wir nicht auf dem Bauch Richtung Mars robben mussten, fehlte noch ein sehr spezieller Kiekser. Im letzten Jahr hatte ihn uns Bass geliefert, der damals ganz ekelhaft im Stimmbruch gewesen war. Aber inzwischen hatte Nova von ihrer Mutter gelernt, wie man das marsianische Geräusch erzeugte. Sie quiekte und schon rauschte der Sand vollends in die Höhe.

„Das Gate ist offen“, sagte Everett. „Nova, gehe du voraus. Ich bleibe hier und bewache das Gate.“

Wir mussten ihm hoch und heilig versprechen, dass wir keinerlei Risiken eingehen und als Erstes Novas

Großeltern von unserer Anwesenheit in Kenntnis setzen würden. Außerdem sollten wir auf jeden Fall rechtzeitig vor dem Abendessen zurückkommen. Schließlich nahm Everett noch Fab ins Gebet, auf uns aufzupassen, solange das kein anderer Erwachsener tat. Das war amüsant, da Nova und ich im letzten Jahr auch keinen Aufpasser dabeigehabt hatten, als wir niemand anderen als Everett und seine Frau Julia aus den Fängen eines skrupellosen Verbrechers befreit hatten.

Als ich durch das Gate trat, fühlte ich mich kurz wie mitten im Nordostpassat, der mir den Sand um die Ohren blies. Aber dann war ich auch schon drüben und sah, mit welch verzagtem Gesicht Yesy mir folgte und wie Fab die Augen aufriss, als er mit uns im Historischen Museum ankam.

Praktischerweise war das Erste, was wir hörten, die Stimme von Cora Newman, Novas Großmutter. Das Bescheidgeben schien also schon mal kein Problem zu sein. Obwohl …

Eine böse Ahnung hielt mich zurück, aus dem Schatten zu treten, in dem das Moongate vor sich hinschnurrte. Aber zu spät: Wir waren schon bemerkt worden. Nicht nur Cora kam suchenden Blickes auf uns zu, sondern noch etwas anderes.

Unverkennbar war es ein Lebewesen, in gewisser Weise sogar ein menschenähnliches. Zumindest hatten seine Umrisse eine humanoide Form, auch wenn die Gestalt nicht einmal an Novas Kinn heranreichte. Aber man musste zugeben: Seine Ausstrahlung war fantastisch. Denn unter der kaum wahrnehmbaren Haut leuchtete und funkelte es, dass selbst das schönste Nordlicht vor Neid erblasst wäre. Mal schlierten Grün und Rot durch den Körper, dann waberten helle Punkte hindurch, die wie kleine Vollmonde aussahen.

„Was für eine reizende Überraschung", freute sich Cora und drückte Nova so fest an sich, dass das Gesicht der Enkelin komplett im weißen Haar der Großmutter verschwand. „Deinen Großvater kannst du leider nicht begrüßen. Es liegt mit einer ansteckenden Erkältung im Bett."

Währenddessen wanderten die Augen des Lichtwesens über unsere kleine Gruppe, was nicht besonders angenehm war, denn sie trafen einen wie starke, zielgenaue Scheinwerfer, die aus drei kreisrunden Schatten im Kopfbereich des Wesens hervorstrahlten. Ich vermutete, dass das Sehen die große Stärke des Wesens war, denn ich konnte weder Ohren noch Nase oder Mund an ihm entdecken. Mit einer Unterhaltung war da wohl nicht viel drin. Ich wäre auch gar nicht scharf darauf gewesen, mich länger mit dem Lichtwesen zu beschäftigen, denn je näher es uns gekommen war, desto merkwürdiger war das Gefühl geworden, das mich beschlich. Nein, eigentlich kein Gefühl. Eher etwas in meinem Kopf. Etwas, was da war, sich aber nicht fassen ließ. Unscharf wie Fernsehflimmern oder Radiorauschen, wenn jemand einen Sender suchte. Mal lauter, mal leiser, mal verzerrt … Mir schien, als ginge es den anderen ähnlich. Bass jedenfalls verdrehte die Augen und Yesy fummelte an ihren Ohren herum.

Doch mit einem Mal war das Gefühl wie weggeblasen.

„Ah, das ist die richtige Frequenz!“, freute sich mein Gehirn. Ich allerdings nicht. Ich war vielmehr schockiert, dass mein Gehirn etwas ganz ohne mein Zutun dachte.

„Willkommen auf unserem lieblichen Planeten namens … äh …“, begrüßte mich mein Gehirn. Und zu diesem schwachsinnigen Gestammel passend machte das Lichtwesen eine drollige Bewegung, die irgendetwas zwischen einem Knicks und einem akuten Bandscheibenvorfall zu sein schien. *„Mein Name ist Pelzig.“*

„Irgendwas stimmt mit mir nicht“, brummte Bass neben mir. „Ich höre Stimmen. Ich glaub, ich werde verrückt.“

„Was macht dieses Ding da?“, wollte Nova, die sich inzwischen von ihrer Großmutter gelöst hatte, irritiert wissen und deutete auf das Wesen.

„‚Dieses Ding‘ versucht einfach nur, höflich zu sein“, dachte mein Hirn selbsttätig und eindeutig beleidigt.

„Höflichkeit verstehen die da wohl nicht“, tat mein Hirn kund. *„Genug mit dem Quatsch. Wir müssen Verhandlungen führen!“* In diesem Moment erhob sich das Wesen augenblicklich aus seiner gebeugten Haltung.

„Nein, wir müssen nett sein, dafür ist allemal Zeit“, dachte es in mir, und das Wesen versuchte es noch einmal mit seiner Geste. Gleichzeitig blieb es stocksteif stehen. Hätte das Wesen Geräusche von sich gegeben, hätten wir mit Sicherheit ein gewaltiges „Ratsch“ vernommen, denn der Oberkörper riss mitten entzwei. Dem Wesen machte das aber wohl nichts aus, denn die jeweils fehlende Hälfte wuchs augenblicklich nach. Es erinnerte mich an einen Film über Zellteilung, den wir im Bio-Unterricht

gesehen hatten. Allerdings passierte diese Art der Zellteilung hier im Turbotempo.

Ich traute meinen Augen nicht. Was sollte das werden? Würde das Wesen jetzt mit zwei Oberkörpern herumlaufen? Und wofür sollte das gut sein? Damit es besser mit sich selbst streiten konnte? Ich fasste mir verwirrt an die Stirn. Aber ich fieberte eindeutig nicht, bildete mir nichts ein, sondern sah die Veränderung des Wesens wirklich.

Yesy hörte auf, an ihren Ohren herumzudrücken. Sie glotzte nur noch – wie wir alle. Allein Cora schien sich nicht zu wundern. Sie seufzte.

„Wa-wa-was …?“, brachte ich hervor, was mich zweifellos auf einen der hintersten Ränge in Earlys persönlichem Intelligenz-Ranking katapultierte.

„Ist das ein Zig?“, fragte Nova ihre Großmutter. Die nickte. Eine gewisse Erschöpfung war darin zu erkennen.

„Genau genommen sind es jetzt zwei Zigs“, keuchte Fab ungläubig, als sich nun auch der Rest des leuchtenden Körpers auftrennte. Tatsächlich waren aus dem einen Wesen zwei geworden. Wenn man es sich recht überlegte, vermehrte es sich offenbar via Persönlichkeitsspaltung. Das legte zumindest die Gedankenfülle in meinem Kopf nahe, der Teil jedenfalls, der gar nicht von mir selbst stammte. Denn es mussten die Gedanken dieses Zigs sein – oder vielmehr der beiden Zigs –, die in meinem Kopf herumspukten.

Cora erklärte: „Ja, wie ihr seht, haben wir … äh … Gäste auf dem Mars.“

„Oh, zu freundlich, werte Dame", dachte mein Hirn ziggig.

„Gäste? Was heißt hier Gäste? Wir sind die neuen Bewohner", erwiderte mein Hirn noch ziggiger.

Die beiden Zigs verstanden sich wohl aus Prinzip nicht und mussten ihre Meinungsverschiedenheiten auch noch im Kopf anderer ausmachen.

„He, könntet ihr mal auf eine andere Frequenz wechseln?", ging Fab dazwischen. Angenervt starrte er die zwei Zigs an. Er hörte sie also auch.

„Nein", ziggte es.

„Keinesfalls", ziggte es noch einmal.

Na toll, ausgerechnet darin waren sie sich einig.

Bass stöhnte wieder einmal neben mir. „Alles klar. Nicht ich bin verrückt, sondern die da."

Nova stellte ihrer Großmutter Fab und Yesy vor. Begeistert schien die zwar nicht, dass noch mehr Erdbewohner in die Existenz der Marskolonie eingeweiht worden waren, trotzdem versprach sie Fab und Yesy eine ausgedehnte Sightseeingtour in den hiesigen Höhlen und Gängen.

In Gegenwart der Zigs erzählten wir ihr lieber nicht, was uns eigentlich auf den Mars geführt hatte. Von Problemen hatte Cora möglicherweise sowieso genug. Der ursprüngliche Zig, so stellte sich heraus, war zwar lediglich ein interessierter Besucher des Museums gewesen, aber der zweite Zig pochte nun darauf, dass dringend eine Zig-Abteilung im Museum eingerichtet werden müsse.

„Denn wir sind die neuen Bewohner dieses Planeten namens … äh …"

„Mars", fiel dem Erstzig ein.

Cora wurde von den beiden in eine verwirrende Debatte gestürzt, in der sich der Erstzig zunächst viel heftiger als Cora gegen die Erweiterung des Museums stellte. Nach einer Weile war er sich jedoch genauso unsicher wie der Zweitzig in seiner Forderung nach einer Zig-Abteilung. Ein paar Augenblicke später sahen wir uns vier Zigs gegenüber, die alle vehement für ihre jeweiligen Positionen stritten.

„Wir wollen eine neue Abteilung. Wir sind keine Gäste, wir sind gekommen, um zu bleiben!"

„Aber das Museum ist doch wunderschön genau so wie es ist."

„Ja, wir sollten ein neues Museum nur für Zigs bauen lassen."

„Dann muss das alte Museum abgerissen werden."

Yesy hielt sich sinnloserweise die Ohren zu, aber ich verstand ihr Verhalten. Auch ich sehnte mich danach, die Streitereien der Zigs aus meinen Kopf zu verbannen. Aber wie?

Da hörte ich auf einmal Nova erschrocken rufen: „Early ist weg!"

Wie elektrisiert blickte ich um mich. Kurz überfiel mich die Hoffnung, Early könnte uns eine Botschaft auf den sandigen Boden geschnurrt haben, dass er nur kurz für kleine Marskater musste, aber ich konnte nichts entdecken.

Fab sprach aus, was wir alle dachten: „Oh nein, jetzt ist er womöglich verschwunden, genau wie Darjeeling und die anderen."

/9/

Zig Probleme

Wir schwärmten aus. Durch das ganze Museum liefen wir und riefen nach Early. Dabei machte uns nicht nur die geringe Schwerkraft zu schaffen. Vor allem Fab und Yesy, die zum ersten Mal damit zu kämpfen hatten, bewegten sich, als gingen sie auf rohen Eiern.

Auch auf die Ausstellungsstücke musste man achten, denn sie schwebten frei im Raum. Manche, denen man zu nahe kam, flogen daraufhin so lange mit einem mit, bis die Stimmen, die allerlei Erklärungen dazu abgaben, ihren Text zu Ende gesprochen hatten.

Während Fab, ganz der geübte Surfer, sich gut durch die Exponate hindurchschlängelte, hing an Yesy eine regelrechte Traube von Ausstellungsstücken, die mit ihr zogen und ihr vielstimmig in den Ohren lagen.

Gemeinsam hatten wir bald alle Räume, Ecken und Winkel des Museums durchkämmt. Doch leider ergebnislos. Oder, um genau zu sein: mit dem einzigen Ergebnis, dass ein Zig, der unbedingt mit uns durch die Räume hatte eilen wollen, sich teilte, weil er unentschieden war, ob wir nach einem *„Curly"* oder einem *„Early"* fahndeten. Die beiden resultierenden Zigs stritten erbittert darum, anstatt uns einfach zu fragen. Aber ich hätte es ihnen auch nicht gesagt. Auf diese Zigs wollte ich mich keinesfalls einlassen.

„Das ist ja schlimmer als Zickenkrieg", bemerkte Bass treffend.

Wir nahmen den kürzesten Weg zum Ausgang. Auch Novas Großmutter kam mit. „Das halte ich nicht mehr aus!" Sie schüttelte den Kopf über die Zigs, die sich in ihrem Museum zankten.

Kaum fiel die Tür hinter uns ins Schloss, war ich wieder alleiniger Herr meines Kopfes. Was für eine Wohltat!

„Seit zwei Monaten geht das nun schon so“, berichtete Cora. „Es wird immer schlimmer. Am Anfang waren es nur elf, und sie verhielten sich sehr anständig. Dann gab es die ersten Beschwerden von Menschen, die sich belästigt fühlten. Präsident Selby hat versucht, die Wogen zu glätten. Dabei hätte er lieber gleich resolut durchgreifen sollen. Wenn diese Zigs sich weiter so streiten und dabei vermehren, verstopfen sie bald sämtliche Tunnel.“

Ein Schnurren unterbrach sie in ihren apokalyptischen Sorgen.

„Early!“, rief Nova überrascht. Und schon nahm sie den Kater hoch und kraulte ihn unterm Kinn. Er schloss genießerisch die Augen und schnurrte noch mehr. Mir fiel ein Stein vom Herzen.

„Wie konntest du einfach verschwinden? Du hast uns zu Tode erschreckt“, rüffelte ich ihn.

Early öffnete gnädig ein Auge und schnurrte in den Sand: „Ich musste den Zigs entkommen. Wenn sie miteinander reden, ist in meinem Kopf kein Platz mehr für meine eigenen Gedanken.“

Bass grinste. „In deinem winzigen Kopf ist sowieso nicht viel Platz.“

Early ignorierte seine Frechheit und hatte wohl auch keine Lust mehr, sich weiter über die Lichtwesen auszulassen. Stattdessen fragte er: „Was ist jetzt mit der Suche nach Darjeeling, Oolong und den anderen?“

Also machten Cora, Nova und ich Vorschläge, wo wir nachschauen konnten. Doch Early sagte jedes Mal: „Da haben wir längst gesucht.“

„Habt ihr mit Präsident Selby gesprochen?“, fiel Cora noch ein.

„Nein, wieso sollten wir?“, wunderte sich Early.

„Er ist unser Staatsoberhaupt.“

„Eures vielleicht. Aber unser Oberhaupt ist Tippy“, konterte Early.

„Es kann aber bestimmt nicht schaden, mal mit dem Präsidenten zu reden“, meinte Fab. Ihm war anzumerken, dass er unbedingt noch mehr sehen wollte als nur diesen Gang, in dem wir standen. Yesy hingegen wäre möglicherweise für die nächsten Stunden auch an diesem Ort glücklich gewesen. Ohne im Mindesten auf unsere Diskussion zu achten, fummelte sie an den Blättern und Früchten der zahlreich von der Decke baumelnden Glühbeeren herum.

„Am schnellsten geht es, wenn wir das Holonet im Museum benutzen“, bot Cora an.

„Oh, nein. Da gehe ich bestimmt nicht mehr rein“, wehrte ich ab. „Da drin wird mir zu viel geziggt.“

„Na schön“, sagte Cora. „Aber Early müsst ihr hierlassen, sonst könnt ihr keine Gleiter nehmen.“

Gleiter waren das schnellste Transportmittel auf dem Mars. Doch für die Katzen schied diese gleichmäßige, schnelle Bewegung absolut aus.

„Pass gut auf ihn auf“, bat Nova ihre Großmutter. „Damit er auf keinen Fall verschwindet.

Early gähnte. „Ich mache mir einen Malgenvorhang ums Bett und schlafe ein bisschen.“

Als ich verwundert die Augenbrauen hob, erklärte Cora: „Malgen sind sehr gute Aufpasser. Richtige Wachhunde."

Cora hatte noch nie einen Hund gesehen, denn auf dem Mars gab es keine. Aber Nova, Julia und Everett hatten ihr natürlich alles über das Leben auf der Erde erzählt.

„Wie lange gibt es diese Malgen hier eigentlich schon?", fragte ich. „Bei meinen bisherigen Besuchen sind sie mir nicht aufgefallen."

„Sie haben bisher überwiegend in einer riesigen Höhle über dem Museum gelebt. Aber dort parkt jetzt das Raumschiff der Zigs, und das hat den Malgen nicht gefallen. Also findet man sie jetzt fast überall." Cora nahm Early auf den Arm. „Meldet euch, wenn ihr etwas herausgefunden habt." Sie ging mit ihm in ihre Wohnhöhle neben dem Museum

„Fünf Gleiter", rief Nova und schon senkten sie sich von der Tunneldecke herab. Die Schalensitze an Stangen sahen aus wie Skilifte. Sie erklärte Fab und Yesy, wie man sie bediente. „Setzt euch drauf und nennt euer Ziel. Zum Anhalten einfach ‚Stopp' sagen. Weitere Befehle sind: ‚Langsamer' und ‚Schneller'." Sie setzte sich auf einen Gleiter und rief: „Zum Selby Place." Der Gleiter sauste davon.

Fab schnappte sich den nächsten. „Cool, das ist wie Surfen." Er setzte sich zurecht und hielt sich an der Stange fest. „Zum Selby Place."

Yesy beeilte sich, ihm mit einem weiteren Gleiter hinterherzufahren, dann folgten Bass und ich.

Auf der rasenden Fahrt durch die Tunnel stellte ich fest, dass sich auf dem Mars einiges verändert hatte. Nicht nur die schmalen Nebengänge, die außer dem roten Gestein nur wenige in der Luft flirrende Leuchttafeln mit Veranstaltungshinweisen boten, waren nahezu menschenleer, selbst die Prachttunnel und Einkaufspassagen lagen gespenstisch ruhig da. Wenn wir einen Laden passierten, flammten Leuchtflächen auf, die die Angebote des Ladens dreidimensional anzeigten. Denn nur wenn jemand vorbeikam, sprang hier die Werbung an, dann allerdings umso eindrucksvoller.

Ich kannte die Tunnel zur Geschäftszeit eigentlich nur in wildester Beleuchtung. Aber wenn kaum jemand unterwegs war, verlor der Ort schnell seinen aufregenden Glanz.

„Langsamer“, sagte ich, um mehr Zeit zum Schauen zu haben. Manche Läden hatten geschlossen, in anderen saßen einsame Mitarbeiter. Sie zappten gelangweilt zwischen den verschiedenen Holovisionskanälen hin und her, die das hiesige Fernsehprogramm darstellten. Sobald dort über Zigs berichtet wurde, schalteten sie weiter. Und es wurde verdammt viel über Zigs berichtet, wie mir schien. Ich verstand auch allmählich, warum. Statt Menschen und Katzen kamen uns immer häufiger Zigs entgegen, die jedoch nicht auf uns achteten. Sie waren zu sehr damit beschäftigt, sich über alles Erdenkliche zu streiten. Und dabei vermehrten sie sich ständig.

Schließlich stießen wir auf den offenbar einzigen florierenden Laden. Nova, Fab, Yesy und Bass hatten angehalten.

„Stopp!", rief ich und stieg aus dem Gleiter. Der Laden war gerammelt voll mit Leuten. Lange Schlangen hatten sich davor versammelt.

„Was gibt es hier zu kaufen?", wunderte sich Nova.

Die Leute hielten Scheiben, Schilder und große Rollen in den Händen.

„Seltsam." Mich verblüffte nicht nur der Andrang, sondern auch die Tatsache, dass die Waren so farblos waren. Nirgends eine grelle Farbe, kein einziges Muster. Das passte so gar nicht zum marsianischen Geschmack.

Obwohl wir wegen der vielen Leute nur mit Mühe an den Laden herankamen, gaben wir unserer Neugierde nach.

„Oha", machte Bass, der als Erster einen Blick in das Innere des Ladens erhaschte.

„Das erklärt alles", ergänzte Fab.

„Puh", hörte ich Yesy.

„Wundert mich nicht", meinte Nova, als auch ich es bis nach vorn geschafft hatte.

Endlich konnte ich es sehen. Im ganzen Laden blinkten Schriften und Zeichen. Auf schwebenden Schildern hieß es *Kein Zutritt für Zigs*, auf den Scheiben waren durchgestrichene Zigs abgebildet, und riesige Transparente mit der Forderung *Stoppt die Zigs!* konnte man zum Transport zusammenrollen. Hinter den drei Kassierern kündigte eine Holowerbung den morgigen Erstverkaufstag des neuesten Verkaufsschlagers an: Kittel, die über und über bedruckt waren mit der Warnung: *Zig mich nicht!*

„Das ist die erste Marsmode, der sogar ich mich anschließen würde", sagte ich.

„Von hier aus ist es nicht mehr weit“, sagte Nova. „Wir können laufen.“

Tatsächlich, vor uns leuchtete schon eine Schrift, die den *Selby Tunnel* ankündigte. Und an dessen Ende lag der Selby Place mit dem Präsidentenpalast.

Ich bekam ernsthafte Zweifel, ob Präsident Selby überhaupt Zeit für uns haben würde. Denn wie es aussah, entwickelte sich auf dem Planeten gerade im Megatempo ein Megaproblem. Wenn die Zigs in den Gängen und Höhlen erst einmal mit demonstrierenden Marsianern zusammentrafen, würde der Präsident froh sein, wenn die Katzen nicht auch noch mitmischten. Verschwundene Katzen bereiteten ihm bestimmt weniger Kopfzerbrechen als sich vermehrende Zigs.

/10/

Nicht lustig

„Yesy und ich warten wohl besser draußen", sagte Fab, als wir unser Ziel erreicht hatten.

Nova stimmte ihm zu. „Präsident Selby könnte es missfallen, dass wir euch hergebracht haben."

„Ich bleibe auch draußen", sagte Bass. „Ich schaue mich hier um. Vielleicht ist Darjeeling ja irgendwo."

Wir hatten Glück, als wir uns bei Selbys Sekretärin anmeldeten. Sie versucht zwar, uns abzuwimmeln, aber genau in dem Moment erschien Selby in der Tür zu seinem Amtszimmer. „Na so was, seid ihr etwa hier, um uns bei der neuen Krise zu helfen?" Er bedeutete uns, ihm ins Zimmer zu folgen. Sein Blick wanderte immer wieder zu den *Holo-News*, die rechts von seinem Schreibtisch schwebten.

„Wenn es um die Zig-Krise geht", sagte Nova, „dann muss ich Sie enttäuschen. Aber es gibt ein anderes Problem. Einige Katzen sind spurlos verschwunden."

„Ach, die werden schon wiederkommen", sagte Selby nur, den Blick jetzt starr auf die Nachrichten geheftet.

„Schlimme Sache mit den Zigs", sagte ich, damit er uns wenigstens zuhörte.

Präsident Selby seufzte. „Die sind völlig außer Kontrolle geraten. Erst waren es nur elf. Sie kamen in einem Raumschiff an und sagten, sie wären auf der Durchreise, würden uns gern kennenlernen und Witze austauschen." Er rollte mit den Augen. „Da bekommt man Besuch von einer fremden Spezies und dann wollen sie nicht Technologie austauschen, sondern Witze. Und die Zigwitze sind nicht mal komisch."

„Und warum reisen sie nicht weiter?", hakte Nova nach.

„Sie könnten sich nicht darauf einigen, wo sie als nächstes hinwollen. Sie sagen, sie wären auf einer großen Suche, aber sie wüssten nicht, wonach. Also hängen sie hier herum und sind eine echte Landplage geworden. Sie brauchen zwar kaum Platz, da sie nur aus einer Art Lichtplasma bestehen, aber sie dringen mit ihren Gedanken in unsere Köpfe ein, da sie telepathisch kommunizieren."

Ich legte die Fingerspitzen an die Schläfen. „Ja, ich weiß. Ich habe es im Museum selbst erlebt. Man kann keinen eigenen Gedanken mehr fassen, wenn ein Zig in der Nähe ist."

Präsident Selby nickte mit düsterer Miene. „Und zu allem Überfluss vermehren sie sich, sobald sie einen inneren Konflikt austragen. Darum kann ich nicht mit ihnen verhandeln. Sie würden zu jedem meiner Vorschläge zwei Meinungen haben und sich wieder verdoppeln. So was nennt man exponentielles Wachstum. Das kann kein gutes Ende nehmen."

„Was ist denn nun mit den Katzen?", beharrte Nova.

„Katzen? Welche Katzen?"

„Die, die verschwunden sind", sagte ich. „Oolong, Chun Mee, Gunpowder, Darjeeling und wer weiß welche noch. Von den anderen Katzen sind einige so in Panik geraten, dass sie angefangen haben, die Erde zu kolonialisieren."

„Sie kolonisieren die Erde?" Der Präsident sah uns zweifelnd an. „Das ist jetzt aber keiner dieser grässlichen Zigwitze, oder?"

„Nein, es ist wahr. Early, Tippy und weitere Katzen sind durch ein Gate nach Teneriffa gereist. Das ist eine der Kanareninseln“, ergänzte ich, da die Mars-Kolonisten vermutlich nicht mehr viel über die Geografie des Planeten wussten, den sie vor über vierhundert Jahren verlassen hatten. „Und dort haben sie mit dem Zurechtschnurren der Steine ein Seebeben verursacht. Womöglich kommt es bald zu einem Vulkanausbruch.“

„Erdbeben? Wie sich das wohl anfühlen mag? Hm, nun gut, ich werde meinen Leuten sagen, dass sie die Augen offen halten sollen. Und wenn sie bemerken, dass jemand eine Katze verschleppt, werden sie eingreifen.“

Damit mussten wir uns begnügen. Wir dankten Präsident Selby für die Zeit, die er sich für uns genommen hatte, wünschten ihm viel Glück dabei, die Zigs loszuwerden, und verabschiedeten uns.

Fab und Yesy warteten in der geräumigen Vorhöhle.

Bass kam aus einem niedrigen Seitentunnel gekrochen. „Wollt ihr die schlechte Nachricht zuerst hören? Keine Spur von Darjeeling.“ Er rappelte sich auf und klopfte den Staub von seiner Jeans.

„Und wie lautet die gute Nachricht?“, fragte ich.

„Es gibt keine gute Nachricht, aber noch schlechtere Nachrichten. Ich bin drei Katzen begegnet. Sie sagen, dass sie sich jetzt überwiegend in den tiefer liegenden Regionen aufhalten, die sie mit Malgenvorhängen sichern. Aber eine Katze namens Sikkim wollte ihren Freund Gunpowder finden. Sie kehrte von der Suche nicht zurück. Die drei Katzen, denen ich begegnet bin, haben nach Sikkim gesucht, die jetzt anscheinend ebenfalls verschwunden ist.“

Die einen Katzen versteckten sich aus Angst, die anderen flohen auf die Erde. So konnte es wirklich nicht weitergehen!

„Wir sollten zum Museum zurückfahren“, sagte ich und rief nach oben: „Fünf Gleiter!“

Wir fuhren los, kamen allerdings nicht weit, denn schon nach wenigen Minuten gerieten wir in einen Stau. Massenhaft Zigs verstopften den Tunnel. Sie schienen alle auf dem Weg zum Museum zu sein.

„Kratzig“, ziggte es von allen Seiten. Ein regelrechter Chor von Stimmen dröhnte in meinem Kopf.

Die Fahrt ging nervtötend langsam voran. Erst kurz vor dem Museum wurde es besser, denn die Zigs verschwanden in Röhren, die nach oben führten. Wollten sie etwa zu ihrem Raumschiff, das dort oben stand, wie Cora uns erzählt hatte? Ob sie wegflogen? Das wäre doch mal eine gute Nachricht gewesen.

Als wir das Museum betraten, überfiel uns Cora sofort mit den Worten: „Ich habe schlechte Nachrichten.“

„Nicht schon wieder“, jammerte Nova.

„Ist etwas mit Early passiert?“, war meine erste Sorge.

„Nein, aber die Lage ist völlig außer Kontrolle geraten“, sagte Cora.

„Das hat Präsident Selby auch gesagt“, meinte ich lakonisch.

„Nein, nein, nicht hier auf dem Mars. Es ist viel schlimmer.“ Cora rüttelte an meinem Arm. „Ein Zig ist durch euer Moongate gegangen!“

/11/

Catnapping

Meine Güte, waren wir bescheuert gewesen! Diese Erkenntnis traf mich wie ein Hammerschlag. Wegen der Aufregung um Earlys Verschwinden hatten wir das Moongate total vergessen!

Panisch eilten wir in die Teekrisenabteilung des Museums, wo das Moongate tatsächlich immer noch munter vor sich hinrauschte. Davor stand ein Zig und schaute uns an.

Ich war erleichtert. „Ein Glück, er ist wieder zum Mars zurückgekommen."

„*Zurückgekommen?*", ziggte es in meinem Kopf. „*Aber ich war doch gar nicht weg.*"

„Der da ist nicht zurückgekommen", erklärte Cora. „Er ist hiergeblieben, nachdem er sich geteilt hatte, weil er sich nicht einigen konnte, ob er durch das Gate gehen möchte oder nicht. Die andere Hälfte ist gegangen. Ich konnte nicht rechtzeitig eingreifen und es verhindern. Und ich hätte ehrlich gesagt auch nicht gewusst wie."

„*Was heißt hier die andere Hälfte?*", ziggte der Zig. „*Ich bin keine Hälfte. Ich bin ein neues Ganzes. Mich gibt es jetzt zweimal. Und ich will hierbleiben.*"

„Keine Zeit für Gerede", drängte Nova. „Wir müssen schleunigst zur Erde und den anderen Zig einfangen!" Sie hatte es so eilig, dass sie durch das Gate sprang.

Verärgert schnurrte Early: „Wenn das so weitergeht, ist bald das ganze Sonnensystem zugeziggt."

Augenblicklich richteten sich die Zig-Augen auf ihn. Fast schien es, als hefteten sie sich an ihm fest. Early ging in Abwehrhaltung. Er machte einen Katzenbuckel, zeigte seine Zähne und fauchte so dramatisch, als habe er das mindestens bei einem Ungarischen Hornschwanzdrachen gelernt.

Den Zig beeindruckte das in keiner Weise. Er ging direkt auf Early zu und ließ ihm keine Chance auszuweichen. Setzte Early an, nach links abzuhauen, war der Zig schon dort. Sein Körper konnte sich komplett verformen, sodass die Lichtgestalt sich blitzartig nach links oder rechts ausdehnte, wenn Early fliehen wollte.

Early tat das Einzige, was ihm übrig blieb. Er stürzte Nova durch das Moongate nach. Ohne zu zögern, folgte ihm der Zig, der eben noch behauptet hatte, er wolle den Mars nicht verlassen. Panisch liefen auch Bass und ich durch das Moongate, ohne uns von Cora zu verabschieden.

Im Hotelzimmer war der Teufel los. Ein völlig entfesselter Early stob in Panik über die Betten und die Koffer, zwischen die Jacken an der Garderobe, hinter den Fernseher, was diesen bedrohlich nach vorne an den Rand der Kommode rutschen ließ.

Der Zig, der ihn hierher verfolgt hatte, jagte ihn gnadenlos. Aus den Augenwinkeln sah ich, dass die Zimmertür offenstand. Fab sprang entschlossen auf den Gang, denn dorthin war vermutlich der erste Zig entkommen, und Nova und Everett konnten beim Einfangen sicher Hilfe gebrauchen. Um Yesys Kopf schwirrte eine Schachtel voller Teebeutel aus dem Museum und eine Stimme erklärte dazu: „… aus dem einundzwanzigsten Jahrhundert. Sie stammt aus einer der Kisten, die Julia und Everett Youngblood auf den Mars mitnahmen …“

Dann sah ich nur noch Grün – und Earlys panisch aufgerissene Augen, die immer größer wurden. Denn sie kamen direkt auf mich zu. Mit einem mächtigen Satz quer durch das ganze Zimmer sprang mir Early in die Arme. Die Wucht haute mich um. Ich flog nach hinten und spürte auf meiner Brust Earlys Krallen, mit denen er sich an mir festklammerte. Während ich auf dem Boden aufschlug, hielt ich meinen Kater, so fest ich nur konnte. Sollte der Zig nur kommen!

Er kam. Sein Licht dehnte sich aus und stülpte sich einfach über mich und Early. Ich fühlte mich mit einem Mal ganz benommen. Kam das von dem Sturz? In meinem Kopf pochte ein gellender Schmerz. Ich war gegen die Heizung geknallt. Aber ich konnte jetzt nicht nach einer wachsenden Beule tasten, denn ich musste Early festhalten.

Ohne dass ich mich bewegt hätte, wurde ich nach oben gehoben. Um mich herum waberten Lichtschlieren, durch die das Entsetzen, das in den Gesichtern meiner Freunde zu lesen war, irgendwie leichter und heiterer schien. Ich versuchte nun doch, selbst auf die Beine zu kommen, aber es ging nicht. Es lag nicht daran, dass ich mich wie in Watte gepackt fühlte und der Standhaftigkeit meiner Beine misstraute. Es war einfach so, dass ich gemeinsam mit Early in diesem Zig steckte. Wir schwebten in seinem Lichtkörper.

Der Zig gab bei jeder heftigeren Bewegung meinerseits ein mentales *„Agr-oh"* von sich, was die verziggte Form eines Rülpsers sein mochte. Aber wir schienen dem Lichtwesen keineswegs schwer im Magen zu liegen, auch wenn sich seine Größe zwangsläufig deutlich erweitert hatte. Glücklicherweise! Es hätte ja auch gut geschehen können, dass Early und ich auf Zig-Größe zusammengepresst worden wären. So jedoch hatte der Zig eine Form angenommen, die derjenigen eines vierzehnjährigen Jungen mit Marskatze auf dem Arm ähnelte. Der Zig bewegte sich schwerfällig. Tapser um Tapser machte er auf die Zimmertür zu.

„Nein, warte!", rief ich. Aber niemanden schien es zu interessieren. Vielleicht hörte es auch niemand. Bass und Yesy sahen zwar irritiert zu mir her, aber das taten sie schon die ganze Zeit. Sie konnten wohl nicht fassen, was sie erblickten. Sie hielten uns nicht auf. Im Gegenteil, sie wichen vor dem Mike-im-Zig zurück, als hätte der Appetit auf weitere Erdlinge.

„Witzig", ziggte es da in meinem Kopf so intensiv, als riefe der Zig das Wort laut durch die Gegend. Fand er es lustig, jetzt auch noch das Hotel aufzumischen? Verdammt noch mal, was wollte der Zig auf dem Flur?

Wir traten hinaus. Obwohl meine Beine praktisch in seinen steckten, konnte ich es nicht verhindern. Alle Kraftanstrengung half nichts. Wir schwebten einfach in ihm mit. Hinter mir erwachten die anderen aus ihrem Schock. Endlich versuchte Bass, den Zig aufzuhalten. Er wollte ihn an den Armen fassen, doch er glitt hindurch, wie man eben durch Licht hindurchgleitet. Dann fasste er nach meinem T-Shirt. Aber es gelang ihm nicht. Seine Finger stießen gegen eine unsichtbare Hülle. Ich spürte nicht einmal seine Fingerkuppen.

„Witzig", ziggte der Zig noch einmal, als neben uns auch noch die Teeschachtel auf den Gang schwebte. Ihre erklärende Stimme war inzwischen verstummt. Yesy

hechtete ihr hinterher. Doch die Schachtel war schneller. Hektisch huschte sie im Flur hin und her. Natürlich, sie wollte an ihren Platz im Museum zurückkehren und fand den Weg nicht.

„*Witzig*", ziggte es wieder. Unter anderen Umständen wäre ich froh um einen derart ein- oder vielmehr zweisilbigen Zig gewesen, der einem wenigstens noch etwas Raum im eigenen Hirn ließ, aber irgendwie ahnte ich, dass das alles nicht nur gänzlich unwitzig war, sondern auf eine Katastrophe zusteuerte.

Sie kam erst einmal in Form des Aufzugs, dessen Tür sich direkt vor uns öffnete. Ein rothaariges Zimmermädchen, das einen Schlager trällerte, schob ein Wägelchen auf den Flur, vollgepackt mit frischer Wäsche. Als sich die Aufzugtür hinter ihr schloss, klappte der Frau die Kinnlade runter. Ich versuchte, die Situation zu retten, indem ich so unaufgeregt wie möglich sagte: „Nichts passiert. Nada, niente, nixo, nullo. Das ist nur … äh … meine Aura. Die leuchtet so, weil ich meditiert habe. Ha ha."

„Du verrückt?", fragte sie mit starkem Akzent. Sie starrte erst mich wie einen gefährlichen Irren an, dann die Arme des Zigs, die locker an seinen Seiten schlenkerten, und über meinem Kopf die drei Scheinwerferaugen. Mist, an diese Details hatte ich nicht gedacht. Ich sollte mir dringend eine bessere Erklärung zurechtlegen für den grauenhaften Fall, dass der Zig mit mir auch noch die Hotellobby durchqueren würde. Dass Yesy einer fliegenden Teeschachtel hinterhereilte, machte die Situation nicht einfacher. Aber wir hatten erst mal Glück.

Das Zimmermädchen blinzelte zweimal und fiel in Ohnmacht.

„Witzig?"

„Witzig!"

„Witzig witzig!!"

Das blöde Wort drang aus verschiedenen Richtungen auf mich ein. Doch das Wort war nicht das Schlimmste. Mit ihm kamen jede Menge Zigs. Die einen eilten von der linken Seite des Ganges auf mich zu. Die anderen kamen aus dem Treppenhaus. Und etliche stürmten aus einem Zimmer am rechten Ende des Ganges. Hinter ihnen sah ich hier Everett, dort Nova und schließlich Fab. Es wirkte so, als kämen sie ihren Kindergartenkindern beim Ausflug nicht hinterher. Und tatsächlich: Die Zigs waren viel flinker. Ich hatte gar nicht mehr die Gelegenheit, mich zu fragen, warum sie eigentlich alle voll in meinen Zig hineindonnerten. Ich verspürte es nur noch als eine Art Schüttelkrampf bei jedem weiteren Aufprall.

„Witzigwitzigwitzig", echote es in meinem Kopf. Nein, sicher nicht nur in meinem. Early kreischte in den höchsten Tönen und fuhr seine Krallen aus. Unwillkürlich ließ ich ihn los und fiel augenblicklich aus dem Zig.

„Haltet ihn!", hörte ich Fab noch rufen. Dann sah ich Sternchen.

/12/

Alles im grünen Bereich?

Als ich wieder zu mir kam, lag ich auf der Couch in der Suite und hatte ein kühlendes Tuch auf der Stirn. Ich setzte mich vorsichtig auf und ertastete eine zweite Beule am Hinterkopf. Das wattige Gefühl, das mich im Zig umfangen hatte, war pulsierenden Kopfschmerzen gewichen.

„Hat dir der Zig etwas angetan?", fragte Nova, die auf dem Couchtisch saß.

„Hat er dir eine Gehirnwäsche verpasst?", wollte Everett wissen, der neben ihr stand.

„Nein, ich … ich glaube ich bin okay. Abgesehen von den Kopfschmerzen. Was ist mit Early?"

Nova und Everett rückten auseinander und gaben damit die Sicht auf den Zig frei. Early schwebte in ihm. Der Zig selbst lümmelte entspannt in einem Korbsessel. Mein Kater wirkte eher ermattet, als habe er sich mit Fauchen, Kratzen und Toben völlig verausgabt. Seine rosa Zunge hing ihm aus dem Mäulchen. Der Zig um ihn herum war wieder auf Normalgröße geschrumpft. Nur der Kopf und das Hinterteil des Katers führten zu Ausbuchtungen des Lichtkörpers.

„Wie lange war ich bewusstlos? Was ist inzwischen passiert?", fragte ich.

„Nur ein paar Minuten", sagte Nova. Dann versuchte sie, die Ereignisse für mich zu ordnen. „Das da ist Witzig."

Ich konnte es nicht mehr hören. „Ich kann das beim besten Willen nicht witzig finden!"

„Nein, ich meinte nicht witzig im Sinne von lustig", winkte sie ab und deutete auf den Zig. „Dieser Kerl heißt so. Witzig ist sein Name."

Ich schaute wohl recht verdattert drein, denn Bass sagte: „Das stimmt. Die ganzen anderen Zigs, die sich im Hotel herumgetrieben haben, waren natürlich Ableger von ihm, weil er sich ja erst hier geteilt hat. Und darum hießen sie ebenfalls alle Witzig."

Jetzt erinnerte ich mich verschwommen. Sie hatten sich allesamt in den Zig gestürzt, der Early und mich in sich trug, und dabei seinen oder vielmehr ihren gemeinsamen Namen gerufen. Das erinnerte mich an irgendetwas, aber mein Kopf war noch nicht wieder klar genug, um die Information auszuspucken.

Ich wandte mich an Everett. „Als der Zig durch das Moongate kam, was hast du da gemacht? Wieso hast du die Zimmertür geöffnet?"

„Ich wusste doch nicht, was das für ein Ding ist", sagte er. „Ich dachte, es wäre ein Kugelblitz oder etwas in der Art und wollte mich davor in Sicherheit bringen. Dann hörte ich plötzlich diese Stimme in meinem Kopf, die einen seltsamen Witz erzählte, der nicht wirklich komisch war. Und da dachte ich, ich hätte den Verstand verloren."

„Ja, ging mir auch so bei meiner ersten Begegnung mit einem von denen", sagte ich.

„Da war das Lichtding schon in den Flur geschwebt. Und als ich ihm hinterhersah, teilte es sich plötzlich in zwei auf. Da wurde mir klar, dass es sich um eine Lebensform handeln musste. Ein Teil ging um die Ecke, das andere zur Treppe, wo es sich wieder teilte. Eins ging rauf, das andere runter."

„Nachdem du bewusstlos geworden bist", sagte Nova zu mir, „habe ich Dad alles schnell erklärt, dann haben wir versucht, die Zigs einzufangen, was aber völlig aussichtslos war.“

„Ich war erfolgreicher“, sagte Yesy. „Ich konnte das fliegende Teepäckchen einfangen.“

„Und du?“, fragte ich Fab.

„Ich bin einem Zig in die Waschküche gefolgt. Aber da waren schon so viele draus geworden, dass ich ihrer nicht Herr wurde.“ Fab breitete die Arme aus, als versuchte er jetzt noch, eine Horde streitender Zigs zusammenzuhalten.

So uneinig sich die Zigs auch waren: Die meisten hatten versucht, sich irgendetwas einzuverleiben, wie Nova, Everett und Fab erzählten. Ein Stück Seife, ein Sofakissen, einen Bleistift, die kunstlederne Mappe, in der die wichtigsten Infos über das Hotel steckten. Aber alles war sofort wieder aus ihnen herausgefallen – wie ich, nachdem ich Early losgelassen hatte.

„Auf jeden Fall sieht es so aus, als hätten alle sich wieder vereint“, sagte Nova. „Es ist beruhigend zu wissen, dass sie sich nicht nur teilen, sondern auch wieder zusammenfinden. So wie es aussieht, schläft Witzig jetzt tief und fest.“

„Und mein armer Early steckt immer noch in ihm.“

„Wir haben versucht, ihn rauszuholen, aber das geht nicht. Man bekommt ihn nicht zu fassen.“

Der Zig rollte sich zusammen, sodass man nur eine ausgebeulte Lichtkugel sah, in der mit unglücklicher Miene Early schwebte.

Auf einmal erhellte sich Novas Gesicht. „Seht mal. Die Mappe mit den Hotelinfos ist grün.“

„Moosgrün“, meinte Bass. „Aber was ist daran so erfreulich?“

„Na, der Stift war doch auch grün!“ Nova sah Fab an. „Und die Seife?“

„Minzgrün.“

„Das Sofakissen?“, wandte sie sich an ihren Vater.

Everett zog die Augenbrauen hoch und meinte: „Giftgrün. Aber hallo! Gut beobachtet, Nova. Die Zigs haben nur grüne Sachen geschluckt.“

„Aber außer Early sind alle wieder rausgefallen. Was schließen wir daraus?“ Nova sah in die Runde.

„Dass der Zig nur etwas Organisches in sich behalten kann“, meinte Yesy, ganz die Botanikerin.

Bass klatschte sich auf die Schenkel. „Genau wie die verschwundenen Katzen auf dem Mars. Die sind allesamt grün und natürlich organisch. Die wurden vermutlich ebenfalls von Zigs aufgesaugt, verschluckt, oder wie auch immer man das nennen will. Aber wo haben sie sie hingebracht? Schlafen die irgendwo, genau wie dieser Witzig hier?“

„Das ist die eine wichtige Frage. Die anderes ist: Warum schlucken sie überhaupt Katzen? Sie haben gar keine Mägen. Early lebt, er wird nicht verdaut oder so.“

Fab schlug vor: „Wir bringen Witzig auf den Mars zurück. Und sobald er aufwacht, folgen wir ihm. Vielleicht trifft er sich mit den anderen Zigs, die eine Katze adoptiert haben.“

„Adoptiert!“, regte ich mich auf. „Gekidnappt trifft es eher.“ Da schaltete mein Gehirn einen Gang hoch. „He, ich glaube, ich weiß, wo die alle sein könnten.“ Ich setzte mich etwas gerader hin und nahm das kühlende

Tuch von der Stirn. „Bass, kurz nachdem du uns erzählt hast, dass eine Katze namens Sikkim verschwunden war, liefen plötzlich jede Menge Zigs herum, die 'Kratzig' riefen. Sie waren alle auf dem Weg zu der Höhle über dem Museum, wo ihr Raumschiff parkt. Könnte es nicht sein, dass ein gewisser Kratzig Sikkim verschluckt und sich dann dorthin zum Schlafen zurückgezogen hat? Alle seine Ableger liefen daraufhin zu ihm, um sich mit ihm wieder zu vereinen."

„Ja, genau", rief Fab. „Nichts wie hin. Ich würde zu gern mal ein Alien-Raumschiff sehen." Fab wollte mich begeistert an den Schultern packen, aber ich machte eine abwehrende Geste. Durchgeschüttelt worden war ich heute schon genug.

Everett bremste Fab. „Erst sollten wir essen gehen, damit Sarah und Helmut sich nicht fragen, wo wir abgeblieben sind. Sarah ist sowieso immer schrecklich nervös und besorgt."

Der Einwand war berechtigt. Also wagten wir einen kleinen Schlenker in unserer neuen Taktik. Fab und Yesy bewachten im Zimmer den schlafenden Zig. Everett setzte das Moongate, das die ganze Zeit aktiv gewesen war, durch eine kleine Drehung eines Purrolators außer Betrieb.

„Bringt uns was mit", bat Yesy.

Als wir den Aufzug betraten, drängte sich die Erinnerung an die ungläubigen Augen des rothaarigen Zimmermädchens in meinen lädierten Kopf.

„Was ist eigentlich aus dem Zimmermädchen geworden?"

Bass gestand: „Wir haben sie in die Waschküche getragen. Everett hat viele kleine Fläschchen aus der Minibar ins Waschbecken entleert. Die leeren Fläschchen haben wir dann neben sie gelegt. Wenn sie zu sich kommt, wird sie denken, sie hätte alles nur im Rausch geträumt."

„Aber sie wird sich ja nicht mal dran erinnern können, etwas getrunken zu haben."

Bass zuckte die Schultern. „Etwas Besseres ist uns nicht eingefallen. Wir haben sie in die stabile Seitenlage gelegt, und später sollten wir noch mal nach ihr schauen."

Hoffentlich wachte sie auf, bevor jemand sie fand, dachte ich. Sonst würde sie noch ihren Job verlieren, weil man dachte, sie hätte sich betrunken.

Mir war zu flau zumute, als dass ich Hunger verspürt hätte. Und zu allem Überfluss ging mir der Gedanke nicht aus dem Kopf, dass der Zig, ob er nun einen Magen hatte oder nicht, vielleicht gerade Early verdaute – langsam und unauffällig.

/13/

Die große Suche

Sarah wollte wissen, wie unser Lesewettbewerb ausgegangen war, und Bass behauptete dreist, wir hätten ihn auf 200 Seiten ausgedehnt, weil die Bücher so irre komisch seien. Darum hätten wir es nun wahnsinnig eilig, wieder nach oben zu gehen.

Als wir mit Tellern voll belegter Baguettes zu den Aufzügen gingen, kam uns das rothaarige Zimmermädchen entgegen. In einer Hand trug sie eine Plastiktüte, in der es klirrte. Das waren sicher die leeren Minibar-Fläschchen. Sie sah uns kurz mit gerunzelter Stirn an, schüttelte den den Kopf, als wüsste sie nicht, was sie von all dem halten sollte, und ging weiter. Vermutlich würde sie die Tüte in den Müll werfen und sich wieder an die Arbeit machen, ohne für Aufsehen zu sorgen.

„Ein Problem weniger", sagte Bass zu mir.

Wir betraten die Suite. Der Zig schlief regungslos. Early hatte sich klein zusammengerollt. Ich konnte sehen, wie sich sein Körper beim Einatmen weitete.

Fab und Yesy stürzten sich auf die Brote.

„Witzig hat ihn noch nicht verdaut", stellte ich beruhigt fest. „Trotzdem ist es so, als wäre Early von einem Schwarzen Loch verschluckt worden, denn wir kommen nicht an ihn ran."

Ich musste etwas gesagt haben, das den Zig aufschreckte, denn plötzlich entfaltete er sich zu voller Größe, setzte sich aufrecht hin und ziggte mir in den Kopf: *„Haben wir das Loch gefunden?"*

„Welches Loch?", fragte ich.

„Das Grüne Loch. Das Ziel unserer großen Suche."

Bass meinte frech: „Und wenn ihr es gefunden habt, esst ihr es dann auf?" Der Zig richtete seine drei Augen auf Bass, der sogleich erklärend hinterherschob: „Na, weil ihr doch alles schluckt, was grün ist?"

„Was soll grün bedeuten?"

„Die Farbe natürlich", sagte Yesy. Sie zeigte auf die grüne Hotelmappe und auf Early.

„Was ist eine Farbe?"

Nach einigem Hin und Her in dem Versuch, ihm zu erklären, was eine Farbe war, stellte Everett fest: „Die Zigs sind farbenblind. Wieso suchen sie dann ein Grünes Loch?"

„Es ist ein Mythos. Eine alte Legende besagt, dass wir das Grüne Loch finden müssen, dann leben wir für immer in Wohlstand und Frieden."

„Muss so eine Art Paradies sein", sagte Nova. „Gibt es irgendwelche Hinweise, wo und wie ihr das finden könnt?", fragte sie Witzig.

„Nein. Wir haben schon drei Galaxien abgesucht. Aber wir haben keine Ahnung, wie es beschaffen ist. Es könnte groß oder klein sein, rund oder eckig, aus Stein oder Staub. Wir wissen nicht einmal, ob wir es erkennen würden, wenn wir es finden."

„Immerhin wisst ihr schon mal:", meinte ich lakonisch, „Wenn ihr Lust habt, es zu verschlucken, dann hat es auf jeden Fall die richtige Farbe."

Die Augen des Zig begannen zu glitzern wie Sonne auf einer Wasseroberfläche. „Das muss ich sofort den anderen sagen. Es ist der erste Hinweis. Schnell, lasst uns zurückkehren durch dieses sandige schnurrende Dingsda."

„Das Moongate?" Everett deutete auf die Purrolatoren auf dem Balkon. „Bevor ich das Gate aktiviere, musst du uns etwas versprechen, Witzig. Und zwar, dass du uns helfen wirst, mit den anderen Zigs zu verhandeln."

„Und noch etwas", sagte ich. „Du musst Early freilassen."

„Wen?"

„Die Katze in deinem Bauch."

Witzig sah an sich herunter. *„Oh, wie kommt die denn da rein? Und wie kommt sie wieder raus? Oh oh." Er wand sich und verformte sich, aber er wurde Early nicht los.*

Na toll, die Zigs sammelten Katzen ein, ohne es zu merken. Was nützte es, mit ihnen zu verhandeln, wenn sie keine Kontrolle über alles Organisch-Grüne in sich hatten.

Wir gingen zum Balkon. Während Everett den Purrolator, den er verdreht hatte, wieder in die richte Position brachte, fragte Fab: „Wie stellt man eigentlich das Ziel von so einem Gate ein?"

Da merkte man mal wieder, dass er Wissenschaftler war. Ich hatte es erstaunlich genug gefunden, dass so etwas überhaupt möglich war, und mir keine weiteren Gedanken gemacht. Aber es stimmte. Als Julia vom Mars zur Erde aufgebrochen war, musste das Gate auf dieses Ziel ausgerichtet worden sein, sonst hätte sie auch auf dem Mond oder irgendwo freischwebend im Weltall landen können.

„Das kann ich dir nicht erklären", sagte Everett. „Es ist ein komplizierter Teil der Technologie, den nur die Katzen beherrschen. Sie kalibrieren die Purrolatoren bei der Produktion mit speziellen niederfrequenten Schnurrgeräuschen."

„Dann ist es umso wichtiger, die Zigs von den Marskatzen fernzuhalten“, sagte Fab. „Denn wenn sie alle verschluckt worden sind, ist die Technologie futsch.“

„Das kann nicht passieren“, sagte ich und war unheimlich stolz, einen Denkfehler in Fabs Argumentation gefunden zu haben. „Das Raumschiff kam mit elf Zigs an Bord auf dem Mars an. Dann fingen sie an, sich zu streiten und dabei zu teilen. Aber wir haben ja zweimal gesehen, dass die Teile sich schleunigst wieder zusammenfinden, sobald einer von ihnen eine Katze verschluckt. Also kann es insgesamt nur elf Mal passieren.“

Nova nickte mir anerkennend zu. „Genau. Dann ist Schluss mit der Teilerei.“

Wir aktivierten das Gate und gingen hindurch. Diesmal kam auch Everett mit. Er hatte den Schlüssel innen in der Zimmertür stecken lassen, damit niemand hereinkonnte.

/14/

Erlaubnis erteilt

Cora musste in der Nähe des Gates gewartet haben, denn kaum waren wir alle auf dem Mars angelangt, kam sie um eine Ecke gerannt. „Ihr seid zurück! Und? Habt ihr den Zig zurückgebracht? Hatte er sich schon geteilt? Ach, da ist er ja.“ Dann schlug sie die Hände vor den Mund. „Aber, aber … wieso schwebt Early in ihm?“

Nova erzählte ihrer Großmutter, was passiert war.

Cora kam mit dem Kopfschütteln kaum nach. „Das ist ja unglaublich. Sie suchen etwas Grünes und sind farbenblind. Ihr müsst schleunigst mit Präsident Selby reden. Sein Zigproblem und das Katzenproblem gehören zusammen. Also können sie auch nur zusammen gelöst werden.“ Sie öffnete einen Kasten an der Wand, der sich als Medizinschrank entpuppte, und entnahm ihm eine Flasche mit Tropfpipette. „Aber zuerst behandle ich den Patienten.“

Welchen Patienten? fragte ich mich.

„Das Zeug ist zwar für Katzen, aber es funktioniert auch bei Menschen“, fuhr sie fort. „Streck die Zunge raus, Mike.“

Wie? Ich war der Patient? „Ach, die paar Beulen“, meinte ich. „Und das bisschen Kopfweh.“

Den Umgang mit widerspenstigen Patienten gewohnt, griff sie beherzt nach meiner Zunge, zog sie mir ein Stück weit aus dem Mund und tropfte etwas von der Flüssigkeit drauf. „Bittesehr.“

Artig schluckte ich die bittere Flüssigkeit. Einen Atemzug später fühlte sich mein Kopf leicht und frei an.

Cora wandte sich an uns alle. „Präsident Selby ist in der Höhle über dem Kino und versucht, vernünftig mit den Zigs zu reden. Ich begleite euch und nehme meinen Notfallkoffer mit."

„Aber mir geht es wieder gut", wehrte ich ab.

„Sie meint den Notfallkoffer für Katzen", flüsterte mir Nova ins Ohr.

Wir gingen in den Kinosaal, der nicht so festlich erstrahlte wie beim letzten Mal. Die Glühbeeren an der Decke waren verhüllt. Ich deutete nach oben. „Wieso dunkelt man den Raum ab? Es ist ja nicht so, dass man damit Strom sparen würde."

„Es ist wegen der Malgen", erklärte Cora. „Die können nicht schlafen, wenn es hell ist."

Wir überquerten die Bühne, schlängelten uns zwischen den leeren Sitzen hindurch und kamen an einen Schacht. „Gleiter", rief Cora. Ein Gleiter sank herab und sie setzte sich drauf. „Nach oben!"

Wir mussten warten, bis sie oben war, dann kam der Gleiter wieder runter und wir konnte Cora folgen, einer nach dem anderen. Auch Witzig stand brav an. Man konnte sagen, was man wollte, Early bekam ihm. Er machte aus dem Zig einen richtig zivilisierten Alien, der sich nicht mehr mit sich selbst stritt und angenehm still war.

Als ich oben angekommen war und aus dem Gleiter stieg, erschrak ich gewaltig. Die Höhle hatte ein riesiges Loch, durch das man den Himmel sehen konnte. Und der Mars besitzt ja bekanntlich keine Atmosphäre. Unwillkürlich griff ich mir an die Kehle, aber da alle anderen atmen konnten, gab es keinen Grund, warum ich ersticken sollte. Ich nahm einen vorsichtigen Atemzug.

Alles klar. „Warum wird die Luft nicht hinausgesaugt und wir gleich mit?“, fragte ich.

„Über dem Loch liegt eine Malgendecke“, sagte Cora.

Witzig sah nach oben. *„Ein Loch? Ist es ein Grünes Loch?“*

„Nein, es ist weder grün noch sonst was“, antwortete Everett. „Löcher haben keine Farbe, da sie ja aus fehlender Materie bestehen. Nur Schwarze Löcher sind wirklich schwarz, weil sie das Licht verschlucken.“

Bass schlug vor: „Wir könnten doch ein Schwarzes Loch grün einfärben?“

Witzig begann zu lachen. *„Ha, ha, super Witz. Den merke ich mir.“*

Nachdem ich keine Angst mehr haben musste, in die Tiefen des Weltalls hinausgesaugt zu werden, konnte ich meine Aufmerksamkeit dem Ding widmen, das am fernen Ende der riesigen Halle stand und die Form eines gigantischen Tropfens hatte. Die Oberfläche bestand aus kleinen Spiegelflächen und reflektierte das Licht der Glühbeeren tausendfach, etwa so wie eine Discokugel.

Wir liefen hin.

Cora gesellte sich zu Präsident Selby, der ein Stück vom Raumschiff entfernt mit einigen Zigs redete. Zum Glück waren sie weit genug weg, so dass ihre Gedanken nicht bis zu uns vordrangen.

Den Kopf weit in den Nacken gelegt, um den Tropfen bis zu seinem spitzen Ende in Augenschein zu nehmen, fragte Fab: „Witzig, was für einen Antrieb hat euer Schiff?“

„Tropfenantrieb", erklärte Witzig. *„Wir tropfen durch die Raumzeit. Dabei werden wir von Pfützen aus Dunkler Materie angezogen."*

Ich hatte noch nie von Dunkler Materie gehört, aber Fab und Everett anscheinend schon. Denn sie sahen sich an, als hätten sie eine Offenbarung erlebt. „Ihr … ihr könnt mit Dunkler Materie interagieren? Aber das ist doch völlig unmöglich. Wie macht ihr das?"

Wenn wir nicht aufpassten, würden sie anfangen, mit Witzig zu fachsimpeln. Aber wir hatten wahrlich Wichtigeres zu tun.

„Wo sind die anderen Zigs, die Katzen geschluckt haben?", wandte ich mich an Witzig.

„Die sind im Schiff. Ich frage Hitzig, ob ich für euch die Luke öffnen darf." Er richtete seine Scheinwerferaugen auf die Hülle, die daraufhin leise zu klirren anfing.

„Wer ist Hitzig?", fragte ich.

Präsident Selby und sein ziggiges Gefolge traten in dem Moment zu uns. „Hitzig ist der Captain", sagte der Präsident. „Ich wollte mit ihm reden, aber diese hier …" Er wedelte mit der Hand müde in Richtung der Zigs, die einen Halbkreis um ihn bildeten. „Winzig und Holzig und ihre Klone wollen mich nicht vorlassen. Cora hat mir erzählt, was auf der Erde passiert ist. Die Zigs können sich also wieder vereinen, das ist gut. Sehr sehr gut. Ich dachte, es würden immer nur mehr und mehr werden. Grässliche Vorstellung. Grässlich."

Da verkündete Witzig: „Erlaubnis wurde erteilt."

Ich bekam Herzklopfen, denn nun würden wir erfahren, welches Schicksal die anderen Katzen erlitten hatten, und damit würde ich wissen, was Early noch bevorstand.

/15/

Grau in Grau

Witzig ließ sich einen langen Lichtfinger wachsen und tippte damit auf das Schiff. Während sich eine tropfenförmige Luke öffnete, erklärte er: *„Captain Hitzig war der erste von uns, der plötzlich eine Katze in sich hatte. Danach wurde er so müde, dass er keine Befehle mehr geben konnte. Ich würde mich auch am liebsten gleich wieder hinlegen."*

Everett trat als Erster durch die Luke, Fab folgte ihm drängelnd. Bass ließ Cora, Yesy und Nova den Vortritt, dann raunte er mir zu: „Was, wenn das alles nur eine List ist und sie uns entführen und in irgendeinen intergalaktischen Zoo stecken wollen?"

Präsident Selby, der hinter uns war, meinte düster: „Dann müssten wir uns den Rest unseres Lebens ihr Gezigge und ihre dummen Witze anhören. Grauenhaft."

Das Schiff bestand aus einem einzigen großen Raum, in dessen Mitte eine durchsichtige Säule bis zur Spitze reichte. Kleine Lichter waberten darin auf und ab, ähnlich wie in einer Lavalampe. Auf dem Boden lagen haufenweise trockene, graue Pflanzenteile. An den Wänden flackerten Lichter und Schlieren.

„Das müssen die Bedienfelder sein", sagte Fab fasziniert.

„Oder eine Kinoleinwand", dämpfte Präsident Selby seine Begeisterung.

Hitzig erwartete uns bereits. In ihm schwebte der Kater Oolong. Er machte einen erbärmlichen Eindruck. Sein Fell war, bis auf die Spitzen der Ohren, völlig grau geworden. Es erschien mir wie ein Wunder, dass er nach über einem Monat im Zig noch lebte. Aber wie – ohne Wasser und Nahrung?

Hitzig sagte mit schleppender Stimme: *„Gut, dass ihr kommt. Wir brauchen mehr Katzen. Aber sie haben sich alle versteckt und wir finden keine mehr."*

„Hm", sagte Präsident Selby, als würde er die Möglichkeit allen Ernstes in Betracht ziehen. „Wenn wir die restlichen Zigs damit wieder vereinen könnten, dann würden sie in ihr Raumschiff passen und könnten wegfliegen."

„Mitsamt den Katzen?", fragte Nova entsetzt. „Sie wollen elf Katzen opfern, nur um Ruhe vor den Zigs zu haben? Also, das … das … puh."

„Die Katzen müssen nicht geopfert, sondern gerettet werden", pflichtete ich ihr bei. „Besonders Early. Haben Sie schon vergessen, Herr Präsident, dass er einer der Helden ist, der geholfen hat, die Teekrise zu beenden?"

„Und Darjeeling muss auch gerettet werden", sagte Bass. „Aber wo ist der Zig, der sie in sich hat?" Da es außer dem Haufen mit trockenen Pflanzen kein mögliches Versteck gab, begann Bass, das verwelkte Gestrüpp zu durchwühlen. Und tatsächlich: darin lag ein Zig, und in ihm steckte Darjeeling. Als sie Bass sah, begann sie wie wild mit den Pfoten zu rudern.

„Sie lebt!", rief Bass. „Aber ihr Fell hat graue Stellen." Bass fegte mit den Händen die Blätter beiseite und kniete sich vor den Zig, der unzufriedene Laute von sich gab, jedenfalls deutete ich die tiefen Brummtöne so, die er in meinem Gehirn erzeugte.

„Das ist Putzig", erklärte Hitzig. *„Er hat die dickste Katze geschluckt und nun wacht er nicht mehr auf."*

Neben Hitzig lag ein Zig, den er uns als Fetzig vorstellte. Er trug Gunpowder in sich. Gleich neben ihm lag

Kratzig, der sich Gunpowders Freundin Sikkim einverleibt hatte. Ich staunte, dass Bass die Katzen alle erkannte. Ich hatte gar nicht gewusst, wie viele Freunde er in der marsianischen Katzenbevölkerung schon hatte.

„Dann muss das hier Chun Mee sein“, schloss ich, als ich einen weiteren vor sich hin dösenden Zig ausmachte. „Jetzt haben wir alle verschwundenen Katzen gefunden. Sie sind am Leben, aber sie verlieren ihre Fellfarbe. Wir bekommen wir sie aus den Zigs wieder raus?“

Everett und Fab begannen, sich zu beratschlagen.

Yesy widmete sich den welken Pflanzen. „Wo habt ihr die her, Captain?“, fragte sie Hitzig.

„Ach, von irgendwelchen Planeten. Als wir aufgebrochen sind zu unserer großen Suche, da haben wir Pflanzen mitgenommen, aber sie hielten nicht lange.“

„Ist das eure Nahrung?“, fragte Yesy.

„Nein, sie verhindern, dass wir uns uneinig sind.“

„Aha“, sagte Yesy mehrmals hintereinander und tippte sich mit dem Zeigefinger auf die Unterlippe. „Ihr braucht die Pflanzen also als Sedativum.“

„Als was?“, fragte Nova.

„Beruhigungsmittel.“ Yesy wandte sich wieder an Captain Hitzig. „Und wie habt ihr die Pflanzen gepflegt?“

„Wir haben sie mit Nährflüssigkeit versorgt. Genau so wie die Katzen. Die Katzen beruhigen uns genau wie Pflanzen, allerdings machen sie gleichzeitig müde. Das ist schlecht, sehr schlecht.“ Er tippte auf die Wand und eine Lichtschnur wuchs heraus, verschwand in dem Zig und landete genau in Oolongs Maul. Sofort begann der Kater gierig zu saugen. *„Auf unserer Reise haben wir immer wieder Planeten mit Pflanzen gefun-*

den und unsere Vorräte aufgefüllt. Hier auf dem Mars wächst aber nichts Geeignetes. Diese Glühbeeren beruhigen kein bisschen und fallen immer sofort wieder aus uns raus." Er zuckte mit seinen leuchtenden Schultern.

Yesy nickte verstehend. „Ganz klar. Das kommt daher, dass sie keine grünen Blätter haben. Ihr braucht ganz offensichtlich etwas, dass sowohl grün als auch organisch ist. Dann könnt ihr es in euch behalten und seid friedlich. Eure Körper ziehen automatisch grüne Dinge an, obwohl ihr die Farbe nicht sehen könnt. Da die Katzen hier grün sind, blieben sie in euch drin. Sie müssen wie eine Überdosis eines Sedativums wirken, und das macht euch lethargisch."

Putzig wälzte sich matt hin und her. *„Ich werde nie wieder eine Katze verschlucken"*, stöhnte er und ging dann wieder zu seinem kläglichen Brummen über.

„Scheint so, als hätte er einen Kater", meinte ich grinsend und war fast überzeugt, mit diesem Gag als größter Comedian aller Zeiten in die Zig-Geschichte einzugehen.

Cora hob eine Hand. „Wir müssen schnell eine Lösung finden. Die Katzen brauchen ihre grünen Pigmente, um das rote Glühbeerenlicht in die Wellenlänge für ihr High-Technology-Schnurren umzuwandeln. Als graue Katzen sind sie total hilflos."

Wieder dachte Yesy mit. „Die Katzen werden grau. Genau wie die Pflanzen, wenn sie länger in den Zigs sind. Also scheint es die Wellenlänge der Farbe grün zu sein, die die beruhigende Wirkung hat. Sie wird dabei allerdings aufgebraucht. Hm."

Ich rang mit mir, ob ich den Zigs verraten sollte, wo sich auf dem Mars die einzigen Pflanzen mit grünen Blättern befanden. Es handelte sich um die Teeplantage unter dem Selby-Saal, in dem jede Menge Konzerte stattfanden. Die Schwingungen brachten die Pflanzen zum Wuchern. Alle anderen Teebäume auf dem Mars trugen lediglich braune, bröselige Blätter. Wäre ich nach meinem Herzen gegangen, hätte ich die Zigs sofort auf die Teeplantage geschickt, wenn sie im Austausch dafür die Katzen aus ihren Körpern entließen. Aber wir hatten doch erst vor kurzem nur dank dieser Plantage den Mars vor einem Bürgerkrieg bewahren können. Außerdem wurden die Teepflanzen inzwischen streng bewacht.

„Ich hab's", sagte Nova. „Wie wäre es also, wenn wir auf der Erde grüne Pflanzen sammeln und den Zigs anbieten? Dann können sie ihre große Suche fortsetzen."

Ich war heilfroh über Novas Vorschlag.

Hitzig sprang sofort darauf an. „Auf der Erde gibt es beruhigende Pflanzen? Wie weit ist sie weg?"

„Mit dem Moongate ist man schnell dort", sagte ich. „Wir bringen euch Pflanzen so viel in euer Raumschiff passen."

„Aber nein." Hitzig sah mich mit seinen Scheinwerferaugen eindringlich an. *„Wir fliegen hin. Vielleicht finden wir dort das Grüne Loch."*

/16/

Countdown

Seine entschlossene Ankündigung haute mich um. Und zwar im wörtlichen Sinne. Das ganze Raumschiff erbebte.

„Verzeihung, ich habe nicht aufgepasst", meinte Hitzig. *„Fast wären wir gestartet, bevor alle an Bord sind und der Countdown begonnen hat."*

Neben den anderen rappelte sich auch Präsident Selby wieder hoch und wischte sich allerlei graue Blätterbrösel von seinem Umhang. Er war wie wir alle mitten in den trockenen Pflanzen gelandet.

Yesy schimpfte: „Passt doch auf, das sind extraterrestrische Pflanzen. So etwas bekomme ich nie wieder in die Finger. Es ist gewissermaßen ein intergalaktischer botanischer Garten."

„Sieht eher aus wie ein intergalaktischer Komposthaufen", fand ich.

Nova behielt einen kühlen Kopf. „Countdown? Ihr habt doch nicht ernsthaft vor, zur Erde zu fliegen?"

„Na klar doch. Wir können fliegen, wohin wir wollen", ziggte Hitzig und machte eine vage Bewegung hin zu den Wänden des Raumschiffs. Augenblicklich gerieten die Lichtschlieren in Bewegung und sortierten sich zu etwas Konkretem. *„Unser Navigationssystem Ziggle hat sie schon gefunden."*

Rund um uns wurde an der Wand die Erde abgebildet. Aber nicht nur einmal, sondern x-fach. Einmal komplett mit Sonne und Mond, dann viel näher, sodass ihr Blau richtiggehend strahlte, dann die Kontinente, dann Mitteleuropa, dann eine Stadt. Ich hätte sie beinahe nicht erkannt. Denn zum einen war sie zugewuchert mit allerlei Grünzeug, zum anderen erhoben sich daraus eigenartige, halb transparente Bauten, die sich wie Spinnen auf stelzenhaften Beinen hielten. Allein die markanten, runden Kuppeln zweier Kirchtürme ragten sonst noch aus dem Grün und ließen mich verblüfft stammeln: „Mü… Mü… München! Das ist die Frauenkirche."

Yesy trat so nah an die Bildschirme heran, dass sie aus Versehen mit der Nase dagegen stieß. Sie konnte wie wir kaum fassen, was sie sah. „Das ist ein ökologisches Wunder. Wo kommt nur die ganze Vegetation so plötzlich her?"

„Das ist die Erde im 25. Jahrhundert", sagte Everett. „Ich habe euch doch erklärt, dass wir auf dem Mars in der Zukunft sind."

Schon war der Bildausschnitt weitergewandert und Neuschwanstein zog vorbei.

Witzig deutete auf die Bäume drumherum und meinte: *„Hübsche Pflanzen. Wir werden den Eingeborenen ein paar nette Witze erzählen, dann werden sie uns gern alles abernten lassen. Wir haben riesige Vorratstanks."*

Das wurde ja immer schlimmer! In Neuschwanstein war man zwar einiges an Touristen gewohnt, aber kalauernde Aliens würden auch dort und selbst im 25. Jahrhundert eine Panik auslösen. Da war ich mir sicher.

„Das kommt überhaupt nicht in Frage!", verkündete ich voller Überzeugung. Meine Freunde pflichteten mir lautstark bei. Und wieder riss es uns von den Beinen.

Mich aus einem Knäuel von Armen und Beinen befreiend, musste ich mich nun schon zum zweiten Mal hochrappeln.

„Nun pass doch auf, Junge!“, ermahnte mich Hitzig und schien den Kopf über mich zu schütteln. *„Sonst startest du das Schiff.“*

„Ich habe nichts angefasst“, beteuerte ich.

„Aber du hast eine entschlossene Äußerung gemacht. Das Schiff wird mit einem hochsensiblen Entschlossenheitsmodul gesteuert. Noch so eine unvorsichtige Äußerung, und ich kann es nicht mehr aufhalten.“

Die Zigs konnten einen wirklich fertigmachen.

Mit einem Mal waren Witzigs Gedanken in meinem Kopf. Sie hatten einen samtigen Ton. *„Du wolltest doch, dass ich deinen Kater freilasse.“*

Ich nickte heftig und fragte mich gleichzeitig, ob das nicht bereits zu entschlossen wirkte. Ich hatte wirklich keine Lust, Auslöser des Abfluges zu sein, der mit einer Zig-Invasion auf der Erde enden würde.

„Wenn ich mich mit Erdenpflanzen vollgestopft habe, fällt er bestimmt aus mir raus.“

„Halt! Das ist zu gefährlich“, begehrte Bass auf. „Darjeeling hat fast ihre ganze Farbe verloren. Was, wenn sie die Reise zur Erde nicht übersteht?“ Den letzten Satz schrie er.

Wie auf Kommando hatte sich Darjeeling elend in ihrem Zig hängen lassen. Sie war zwar feist wie eh und jeh, wirkte aber alles andere als gesund. Genauer konnten wir sie nicht mehr betrachten, denn das Raumschiff schnellte mit einem Mal nach oben. Wir starteten!

„Oh nein, war ich das?“ Bass hielt sich erschrocken die Hände vor den Mund.

Keiner wagte mehr, etwas zu sagen.

Präsident Selby räusperte sich. Als Politiker war er ausreichend geübt darin, seine Aussagen derart in Wischi-Waschi-Formulierungen zu kleiden, dass das Raumschiff nicht endgültig aus der Halle hinaus in den Weltraum sauste.

„Wenn ihr meine bescheidene Meinung hören wollt, so könnte ich mir vorstellen, dass wir darum bitten, das Schiff verlassen zu dürfen, falls der werte Captain Hitzig es freundlicherweise wieder auf den Höhlenboden zurückbefördern würde."

Hitzig empfahl uns, unsere Gedanken so ziellos wie möglich schweifen zu lassen, bis sich das Raumschiff langsam wieder setzte.

Es erwies sich als verdammt schwer, nicht dauernd zu denken: „Wir müssen eine Invasion der Erde verhindern!" Oder: „Hoffentlich können wir die Katzen irgendwie befreien." Oder gar: „Zur Hölle mit den Zigs!" Selbst der Gedanke: „Jetzt bloß an nichts Wichtiges denken" war zu entschlossen.

Meine Rettung war, dass mir die Schule einfiel. Im Unterricht war es gar kein Problem für mich, an gar nichts zu denken, während ich aus dem Fenster in den Schulhof schaute. Ich stellte mir vor meinem inneren Auge den Hof und vor meinem inneren Ohr meine Geschichtslehrerin Frau Ohnemus vor, die irgendetwas leierte. So nahm ich bald die anderen nur noch wie durch einen Schleier wahr. Auch sie schienen geistig weit weg zu sein.

Sanft setzte das Raumschiff wieder auf und wir atmeten erleichtert durch.

Ohne einen einzigen Gedanken in mein Hirn zu pressen, winkte uns Hitzig schließlich zur Eingangsklappe des Raumschiffs.

Wir verließen das Raumschiff mit mulmigem Gefühl, da wir die Katzen in den Zigs zurücklassen mussten. Earlys entsetztes Gesicht, als ich zur Luke ging, brannte sich mir unauslöschlich ins Gehirn.

/17/

Pläne

Als wir zusammen mit Hitzig vor dem Raumschiff standen, sagte Bass stolz: „Cool, ich habe ein Raumschiff abheben lassen."

Nova verdrehte die Augen. Aber das war vielleicht gar kein Kommentar zu Bass, sondern zu dem Grauen, das sich gerade anbahnte: Massen von Zigs strömten in die Halle. Und in unseren Köpfen explodierten die Auseinandersetzungen zwischen ihnen. Angelockt vom Beinahe-Start ihres Disco-Tropfens, bestürmten sie Hitzig mit Fragen, um sich anschließend gegenseitig mit Vorwürfen, Forderungen und Ablehnungen zu überschütten. Dabei wuchs die Menge der Zigs unaufhörlich.

Ich hatte den Überblick verloren, ob sich da nun Rotzigs, Protzigs, Winzigs oder Putzigs teilten, aber es war mir auch egal. Ich verstand sowieso nur noch Bahnhof. Denn etwas anderes schien mein Hirn nicht mehr zu sein, als ein Ort, an dem sich alle tummelten, wie sie wollten. Nur ich selbst war irgendwo unter die Räder gekommen.

Ich verstand jedenfalls kein Wort von dem, was Everett, Fab und Yesy mit Hitzig noch besprachen. Behielten sie in all dem Chaos noch so kühle Köpfe, dass sie uns retten konnten? Hitzig entließ sie erst einmal, sodass wir die Halle verlassen konnten.

Der erste eigene Gedanke, den ich wieder verspürte, als wir im Kino ankamen, galt Early. Konnten wir ihn bei den durchgeknallten Aliens zurücklassen? Ihm musste sein kleiner Kopf platzen! Mir wurde ganz schlecht.

Vor dem Kino sagte Präsident Selby „Gleiter." Dann wandte er sich an Everett und Fab. „Sie können gern die Computer der Marsianischen Universität für Ihre Nachforschungen verwenden." Anerkennend schlug er dem Studenten auf die Schulter. „Es wäre wirklich fantastisch, wenn es Ihnen gelänge, ein Grünes Loch zu finden."

Fab lächelte etwas gequält und blickte Everett hilfesuchend an. Der räusperte sich und stellte nüchtern fest: „Es gibt keine Grünen Löcher."

„Oh." Präsident Selbys Miene nahm einen sparsamen Ausdruck an. „Aber Sie haben Hitzig doch gerade versprochen, eines zu finden …"

Ah, das war die Unterhaltung gewesen, die ich nicht mitbekommen hatte. Umso genauer hörte ich jetzt zu.

„Tja", sagte Fab. „Ich wollte nur Zeit schinden, um sie erst mal von ihrem Plan abzubringen, zur Erde zu fliegen."

„Und wie nutzen wir die gewonnene die Zeit?", fragte ich.

„Ich habe einen Plan", sagte Yesy kühn. „An der Marsianischen Universität gibt es auch ein Biochemisches Labor, wo man mir helfen kann. Seht ihr, auf Teneriffa hatten die Katzen Glühbeeren gepflanzt, aus denen dann Turbo-Glühbeeren wurden. Ich werde deren Saft auspressen und ihn mit dem Saft einer anderen Pflanze, die ähnlich schnell wächst, mischen. *Soncus acaulis.* Dazu muss ich nicht mal zur Erde zurückkehren, denn ich habe heute Früh eine Probe davon genommen, die ich noch in meinem Rucksack habe. Diese Mischung hat ein großes biochemisches Energiepotenzial. Ich werde es der Nährflüssigkeit hinzufügen, die die Zigs verwenden. Damit sollten die Pflanzen in ihrem Vorrat viel länger grün bleiben."

„Äh, aber der Vorrat ist aufgebraucht", wandte Nova ein.

„Wir besorgen neuen Vorrat von der Erde", sagte Yesy. „Damit können die Zigs dann viel länger auf ihrer großen Suche weiterfliegen, ohne zwischenlanden zu müssen."

Das klang alles sehr spekulativ, aber die Idee gab mir Hoffnung. „Das ist gut, denn die Katzen, die sich im Moment noch auf Teneriffa aufhalten, könnten uns helfen, Pflanzen zu sammeln und zum Mars zubringen. So ziehen sie automatisch wieder hierher zurück."

Damit hätten wir auch das Katzenproblem auf Teneriffa gelöst. Der Teide würde sich wieder erholen und die seismischen Aktivitäten dürften nachlassen. Hoffentlich würden wir dann endlich das tun können, wozu wir hingeflogen waren: Surfen.

Wenige Augenblicke später saß Yesy in einem Gleiter und sagte: „Zur Universität!"

Everett, Fab, Nova, Bass, Cora und ich gingen ins Museum zu unserem Moongate.

/18/

Katzenkonzert

„Zu dumm“, sagte Everett mit angespannter Miene, „dass wir ohne Katzenhilfe das Moongate nicht umprogrammieren können. Wir müssen erst vom Hotel zum Teide hochfahren. Es wäre viel praktischer, wenn wir direkt bei den Marskatzen in den Cañadas landen würden.“

Kaum hatte Everett das Wort „Cañadas“ ausgesprochen, änderten sich die Muster auf den Pyramidensteinen. „Seht nur“, sagte Cora. „Das Ziel *Cañadas* muss im Erinnerungsprofil des Gates gespeichert sein.“

Nova kapierte sofort. „Aber ja, die Katzen sind damit dorthin gelangt.“

Und so stiegen wir im nächsten Moment direkt vor der Höhle der Marskatzen aus dem Moongate.

Nacht lag über der Insel. Die Sterne hingen wie blitzblank geputzt am Firmament. Während auf dem Mars hektisch an einem Immergrün-Elixier gearbeitet wurde, wehte hier der Wind mit ruhigem Atem über die Steine.

Ich genoss diesen unerwarteten Augenblick. Doch es war uns nur ein kurzes Innehalten vergönnt. Dann zersägte ein misstönendes Gekrächze die Stille und schwoll zu einem vielstimmigen Chor an. Aufgeschreckt drehten wir die Köpfe. Doch erst als ich vorsichtig um die nächste Felsenecke kletterte, entdeckte ich die Quelle des Lärms. Da hockten gut dreißig Katzen beieinander und miauten in den Himmel. Sie blickten alle in die gleiche Richtung. Ich war mir sicher, dass sie allesamt grünes Fell hatten, auch wenn man das nicht erkennen konnte. Ich sah das Sprichwort *„Nachts sind alle Katzen grau“* komplett bestätigt, denn es galt auch für Marskatzen.

Aber selbst aus der Ferne nahm ich Tippy wahr. Die marsianische Oberkatze mit der dürren Gestalt war eindeutig das Zentrum der Versammlung, die da … ja was eigentlich tat? Nicht den Mond anheulte – das war ja etwas für Hunde –, sondern den Mars anmaunzte? Hatten sie Heimweh?

„Tippy!“, rief ich.

Doch weder Tippy noch die anderen reagierten.

Ich versuchte es noch einmal, jetzt in der hochoffiziellen Form: „Tippy Golden Flowery Orange Pekoe!“ Hoffentlich ließ sich die dünne Chefkatze nun herab, sich zu mir zu bequemen. Umgekehrt ging es nämlich nicht. Das Gelände, auf dem sich die Katzen versammelt hatten, war für Menschen ohne Kletterausrüstung nicht zu erklimmen.

Tatsächlich brach das Gemeinschaftsgekrächze in sich zusammen und x Katzenköpfe wandten sich mir zu. So langsam, als litte sie unter Hüftproblemen sowie Senk-, Spreiz- und Plattpfoten, kam Tippy angeschlichen. Ihr Schnurren klang gar nicht erbaut.

„Warum unterbrecht ihr mein Konzert?“, konnte ich im Mondlicht mit Müh und Not ihre krakelige Schnurrschrift auf dem sandigen Untergrund entziffern.

„Konzert?“, wiederholte ich ungläubig.

„Wir singen die ‚Ode an das Marswunder‘ von Ding Dong Oolong.“ Überraschenderweise sah es so aus, als liefe Tippy eine Träne aus dem Augenwinkel. „Damit halten wir die Erinnerung an diesen großartigen Komponisten lebendig, der verschwunden ist.“

„Das ist rührend, wirklich, aber gar nicht mehr nötig, denn wir haben ihn gefunden. Und die anderen auch.“

Die Katzen hörten auf, sich zu putzen oder in den Himmel zu starren, und kamen allesamt den Hang herunter.

Nova, die Dinge schnell auf den Punkt zu bringen wusste, erklärte den Katzen, was auf dem Mars los war und warum wir ihre Hilfe brauchten.

Dann ging alles ganz fix.

Tippy sagte, sie sei heilfroh, wieder zum Mars zurückkehren zu können, weil sie dort für ihren Gesang eine viel bessere Akustik hätte.

Die Katzen schafften jede Menge Pflanzen herbei und holten auch die Turbo-Glühbeeren-Sträucher aus der Höhle, weil wir darauf bestanden, dass sie von der Erde verschwinden mussten.

„Und vergesst die Malgen nicht“, fiel mir ein.

„Aber denen gefällt es hier“, sagte Tippy.

Ich überlegte noch, wie wir dieses Problem lösen könnten, da fand Nova schon das richtige Argument. „Ihr werdet sie aber brauchen, um euch darin einzuwickeln, damit ihr nicht gleich von Zigs verschluckt werdet, wenn wir auf dem Mars ankommen.“

Nun wurden auch die Malgen aus den Höhlen geholt. Wie die Katzen die Malgen überredeten, die Erde zu verlassen, verrieten sie uns nicht, aber egal, es schien ja zu klappen. Am Ende hatten wir einen riesigen Haufen Glühbeeren und außerdem jede Menge grüner Pflanzen aus der direkten Umgebung, die Yesy mit ihrem Extrakt behandeln konnte. Wir warfen alles durch das Gate auf den Mars. Trotz der kühlen Nachtluft schwitzen wir um die Wette.

Die Katzen hatten sich inzwischen mit den Malgen verständigt und jede von ihnen trug nun ein schickes Glibber-Cape.

Hoch erhobenen Hauptes spazierte Tippy durch das Gate. Die anderen Katzen folgten. Bass und ich bildeten die Nachhut und passten auf, dass auch wirklich alle Katzen zum Mars zurückkehrten.

/19/

Ein besonderer Saft

Cora, die gute Seele, empfing uns mit Gläsern auf einem Tablett. „Falls ihr durstig seid."

Dankbar nuckelten wir an den Strohhalmen.

Everett, das letzte Büschel Glühbeeren unterm Arm, nahm ebenfalls einen Schluck, dann machten wir uns gemeinsam auf den Weg zur Universität. Die Katzen ließen wir in Coras Obhut zurück.

Wir hatten im wahrsten Sinne des Wortes alle Hände voll zu tun, um all die Sträucher in das Labor der Universität zu schaffen, in dem Yesy experimentierte. Von uns und den Gleitern, die uns dorthin brachten, sah man vermutlich nichts mehr, stattdessen nur Gestrüpp, das durch die Gegend flog – eine rasende Variante dieser Dinger, die in Westernfilmen immer vom Wind durch Geisterstädte getrieben werden. Auch die Tunnels, durch die wir jagten, hätten einer Geisterstadt alle Ehre gemacht. Nicht mal mehr Zigs waren unterwegs. Die tobten wohl allesamt in der Höhle über dem Museum.

An der Universität war etwas mehr Betrieb. In den Gängen diskutierten Professoren über alle möglichen Themen, die ich nicht mal auf Deutsch verstanden hätte.

Yesy und eine marsianische Kollegin, die sich als Hella McLindstrøm vorstellte, werkelten an einem Tisch in der Mitte des Raumes. Darauf stand eine monströse Destillierapparatur, die mich noch mehr beeindruckt hätte, wenn die Glasflächen nicht so verstaubt gewesen wären.

„Es ist so aufregend, mit Yesy zu arbeiten", freute sich Hella McLindstrøm und pflichtete sich selbst auch gleich mit einem Nicken bei, das ihren Haarturm gehörig ins Wackeln brachte. Glücklicherweise konnte er nicht in sich zusammenstürzen, denn das blonde, dicke Haar wurde von jeder Menge Bänder, Bordüren und anderem Krimskrams zusammengehalten. Sogar zwei Teile, die mich an japanische Essstäbchen erinnerten, waren hindurchgestochen. „Wir haben im Lager ein uraltes Destilliergerät gefunden, das wir schon ewig nicht mehr benutzt haben“, erklärte sie uns.

Deshalb machte sich hauptsächlich Yesy, die sich mit dieser „uralten“ Technik gut auskannte, an der klobigen Apparatur zu schaffen, während Hella McLindstrøm sorgsam etliche Tropfen Milch aus einem löwenzahnartigen Riesenstängel presste, den Yesy auf Teneriffa abgeschnitten hatte.

„Jetzt brauchen wir die Turbo-Glühbeeren“, wandte sich Yesy an uns. Sie nahm einen kompletten Strauch, zupfte sämtliche Beeren ab, warf sie in eine Art Entsafter und befahl: „Auspressen!“

Das Gerät machte ein ähnliches Geräusch wie Early, wenn er sich an Glühbeeren überfressen hatte und sich übergeben musste. Nach wenigen Sekunden öffnete Yesy das Ding und schüttete den Saft in den Kolben des Destilliergeräts. Während der Saft darin zu blubbern anfing, erteilte sie uns eine Unterrichtsstunde im Schnelltempo: „Der *Soncus acaulis* wächst wie Unkraut. Wenn wir ihn mit den Turbobeeren des *Lucius marsianus* mischen, bekommen wir eine Nährflüssigkeit mit ungewöhnlich hohem biodynamischem Energiegehalt.“

Von den lateinischen Pflanzennamen mal abgesehen, konnten wir ihr alle so weit folgen. Von einem Serum, das sie aus Bestandteilen beider Pflanzen herzustellen gedachte, erhoffte sie sich wahre Wunderdinge.

Im Labor traten wir uns nur gegenseitig auf die Füße. So beschlossen Nova, Bass und ich, ins Museum zurückzukehren, um in der Nähe der Zigs zu sein. Nicht, dass die es sich anders überlegten und doch noch in Richtung Erde starteten. Wir konnten die Menschen dort nicht mal warnen, da das Moongate uns immer wieder in unsere eigene Zeit zurückbrachte, nicht zur Erde der marsianischen Gegenwart, die für uns mehrere Jahrhunderte in der Zukunft lag.

Der Gang vor dem Museum war schon wieder mit Zigs verstopft. Nur mit Mühe gelangten wir bis zur Eingangstür. Und als wir rasch hindurchschlüpften, zwängte sich mit uns ein Zig hinein.

„Schaut mal, Katzen!", ziggte er begeistert.

Sofort drängten weitere Zigs nach und stürzten sich auf die Katzen. Dank der Malgenumhänge schafften sie es nicht, sich über sie zu stülpen, doch versetzte allein ihr Anblick die Katzen in Angst und Schrecken, sodass einige in Panik versuchten, wieder durch das Moongate zurück nach Teneriffa zu fliehen. Bass konnte das im letzten Moment verhindern, indem er geistesgegenwärtig mit dem Fuß einen der Purrolatoren umstieß.

Ich machte scheuchende Handbewegungen. „Hey, ihr Zigs, lasst die Katzen in Ruhe! Husch, weg, husch!"

Sie zogen sich tatsächlich ein Stück zurück, behielten die Katzen aber fest in ihren Scheinwerferblicken.

„Wo sollen wir jetzt hin?", schnurrte Tippy in den Sandboden.

„Zum Raumschiff", schlug Nova vor. „Die Zigs dort haben alle schon eine Katze in sich und werden euch in Ruhe lassen."

Während die meisten der Katzen angesichts dieses gewagten Vorschlags erschrocken maunzten, schnurrte Tippy anerkennend: „Gar nicht so dumm für einen Menschen." Das ließ dann auch keinen weiteren Widerspruch aufkommen.

Also mussten wir uns zum Kinosaal durcharbeiten. Cora nahm ihren Notfallkoffer mit. Bass, Nova und ich formten, so gut es ging, einen schützenden Ring um die Katzen, die kläglich maunzten, wann immer sich ein Zigfinger nach ihnen ausstreckte.

Als die Katzen im Kino sahen, dass sie einen Gleiter benutzen mussten, protestierten sie einmaunzig. Aber Cora versicherte, dass ihnen die kurze Fahrt senkrecht nach oben nichts anhaben würde. Darauf gab sie den Katzen ihr tierärztliches Ehrenwort.

Es war noch anstrengender als das Verladen der Büsche, denn die Katzen bestanden darauf, auf dem Schoß eines Menschen zu sitzen. Also fuhren wir abwechselnd mit einer von ihnen hoch.

Schließlich standen wir mit allen Katzen vor dem Schiff, von tobenden Zigs umzingelt. In unseren Köpfen dröhnte ihr skandiertes: *„Katzen, Katzen, Katzen!"* Es war wie ein Presslufthammer im Kopf.

Nova steckte sich die Stöpsel ihres MP3-Players in die Ohren, zog sie aber nach einer Weile kopfschüttelnd wieder raus. Selbst ihre laute Musik kam gegen das Gezigge nicht an. „Wie kommen wir überhaupt ins Schiff?", rief sie verzweifelt.

Ich wählte den primitivsten und einzigen Weg, der mir einfiel. Ich klopfte an. Erst zaghaft, und als keine Reaktion kam, immer fester. Am Ende trommelten Bass,

Nova und ich mit den Fäusten gegen das Raumschiff. Wenn die Zigs da drin nicht alle im Katzendelirium lagen, mussten sie uns doch hören. Doch nichts geschah.

Ich drehte mich um und hielt nach Steinen Ausschau, die ich an die Luke werfen wollte. Da sah ich, wie eine der Katzen ihren Malgenumhang verlor. Bass sah es auch und wollte sich schützend über sie werfen, da hatte ein Zig sie schon geschnappt.

„*Holzig!*“, ertönte es jetzt von allen Seiten und eine ganze Schar Zigs verschmolz mit dem, der die Katze erwischt hatte.

Der wiedervereinte Holzig schwebte beseelt zum Raumschiff und tippte mit einem langen Finger dagegen. Völlig lautlos. Und schon tat sich die Luke auf.

„Schnell, springt rein“, scheuchte ich die Katzen zur Luke. „Alle. Rein mit euch.“

Ich hechtete Bass, Nova und Cora durch die sich schließende Luke nach.

Als ich drin war, sah ich zuerst nach Early. Er hatte einen grauen Fleck auf dem Rücken, erschien mir aber ansonsten noch quicklebendig.

Oolong hingegen war inzwischen komplett grau geworden. Hitzig, der ihn in sich hatte, begann plötzlich, sich zu winden. Etwa so wie ich, als ich eine Krawatte tragen sollte. Dann fiel Oolong aus ihm heraus.

Bass nahm ihn hoch. „Wie geht es dir?“

Oolong hing matt in seinem Arm und gab nur ein erbärmlich leises Maunzen von sich. Während sich die anderen Katzen besorgt um ihn scharten, öffnete Cora ihren Notfallkoffer. „Ich gebe ihm eine Injektion mit Vitaminen und Elektrolyten.“

Ich meinem Kopf hörte ich Hitzig zu Witzig sagen: *„Gib mir deine Katze. Die ist noch ganz frisch.“*

„Aber er kann die Katze nicht loslassen, so lange sie frisch ist“, widersprach er sich jedoch sogleich selbst und teilte sich prompt. *„Die Katzen wirken nicht lang genug“*, ziggte er weiter. *„Wir müssen uns sofort auf den Weg zur Erde machen, bevor wir zu keiner Entscheidung mehr fähig sind.“*

Auch Chun Mee war jetzt ergraut und fiel aus Ranzig heraus, der sich sogleich in die Diskussion einmischte, ob man zur Erde fliegen oder lieber moongaten sollte, und sich dabei fleißig teilte.

Wenn das so weiterging, würde das Raumschiff bald aus allen Nähten platzen. Das Gezigge im Kopf wurde immer lauter und unerträglicher. Die Katzen maunzten erbärmlich unter ihren Malgenumhängen, denn nun waren hier etliche Zigs ohne Katze.

„Meine Idee war wohl doch nicht so schlau“, sagte Nova. „Anstatt die Katzen in Sicherheit zu bringen, haben wir sie mitten ins Zentrum der Gefahr gebracht.“

Wenn wir nicht sehr bald eine gute Idee hatten, würde alles außer Kontrolle geraten.

/20/

Grüne Töne

Da trat die dürre Tippy mit mutig erhobenem Haupt vor Hitzig und ließ den Malgenvorhang von ihrem knochigen Rücken gleiten.

„Was tust du denn da?“, fragte ich entsetzt. Als sie schnurrte, zerstampfte ich rasch ein Büschel trockene Pflanzen, damit Tippy ihre Antwort in den entstandenen Staub schreiben konnte.

„Ich opfere mich. Wenn Hitzig mich verschluckt, wird er sich wieder vereinigen und sich beruhigen. Dann könnt ihr mit ihm weiter verhandeln.“

Einer der Hitzig-Klone sah bereits, was sich ihm da Leckeres darbot, und stülpte sich über Tippy. Mit weit aufgerissenen Augen schwebte sie in ihm. *„Hitzig!“*, riefen seine Abspaltungen und schlossen sich mit ihm zusammen. Er war immer, als würde man einen Film über Zellteilung rückwärts laufen lassen.

Oolong sprang von Bass’ Arm. Coras Vitaminspritze schien ihm gut getan zu haben, denn er bewegte sich geschmeidig zu dem Pflanzenstaubhaufen und schnurrte hinein: „Was für eine mutige Anführerin unsere Tippy ist. Das inspiriert mich zu einem Lied.“ Und schon hob er an zu krächzen, dass die Wände gewackelt hätten, wenn sie nicht so stabil gewesen wären.

Es war das schlimmste Geräusch, das ich je gehört hatte. Ein Fingernagel, der über eine Tafel kratzt, war dagegen ein sanftes Schlaflied. Ich hielt mir die Ohren zu und hoffte, dass die Zigs nicht ausflippen würden.

Doch es geschah etwas ganz anderes. Ranzig, der sich eben noch fleißig geteilt hatte, erlebte einen Ansturm seiner Klone. Alle donnerten in ihn hinein. Er wurde wieder zu einem einzigen Zig und legte sich zufrieden zu den anderen. Die Malgenvorhänge der Katzen verfärbten sich von lilablassblau in sämtliche Grünschattierungen und erzeugten dabei die allerschönsten Muster.

„Das ist ja unglaublich“, sagte Cora. „Dafür gibt es nur eine Erklärung. Oolong macht grüne Musik!“

„Ich hasse sie trotzdem“, sagte Nova und machte Anstalten, sich ihre Kopfhörer ins Ohr zu stöpseln.

Ich hielt ihren Arm fest. „Nein, warte. Nimm Oolongs Gesang auf.“

„Aufnehmen? Oh, ich verstehe.“ Nova war wirklich ein schlaues Mädchen. Sie stellte den Player auf Aufnahme und hielt ihn Oolong vors Schnäuzchen. Der hatte sich inzwischen so richtig warmgekrächzt und erfand immer scheußlichere Laute, was die Zigs zusehends glücklicher machte. Hitzig ließ Tippy frei, beugte sich herab und tätschelte Oolongs Kopf. *„Du allerliebstes Geschöpf.“*

Es wäre zum Heulen schön gewesen, wenn sein Gesang für Menschenohren nicht so eine grässliche Folter dargestellt hätte.

Nacheinander fielen Early, Darjeeling, Gunpowder und Sikkim aus ihren Zigs. Gunpowder und Sikkim rieben verliebt ihre Köpfe aneinander. Ich nahm Early hoch und Bass schloss Darjeeling in die Arme.

Endlich beendete Oolong seine Ode für Tippy. In meinen Ohren klingelte es, als hätte ich sieben Tinitusse.

Nova hielt ihren Player hoch. „Wir müssen es allen Zigs vorspielen. Wo ist das machbar, Oma?“

„Im Kino“, antwortete Cora.

Hitzig übernahm das Kommando. Er öffnete die Luke und rief seinen *„Katzen, Katzen!"* grölenden Mit-Zigs zu: *„Seid ruhig und folgt mir. Das ist ein alleroberster Befehl und darf nicht missachtet werden."*

Angenehme Stille breitete sich in meinem Kopf aus. Tippy, die wieder ihr Malgen-Cape übergeworfen hatte, und Hitzig gingen voraus. Wir folgten samt den Zigs, die sich teils murrend, teils neugierig, teils streitend und sich teilend vorwärtsbewegten.

Im Kino angekommen, wies Cora Nova an: „Wenn du die Aufnahme in der Mitte der Aufführungsplattform abspielst, wird das automatische Soundsystem sie für alle hörbar wiedergeben."

Ich hielt mir schon mal die Ohren zu.

Das Konzert begann. Katzen, Malgen und Zigs genossen es sichtlich. Die Katzen hoben die Köpfe und spitzten die Ohren, die Malgen an den Wänden wachten auf und begannen die grünsten Muster zu erzeugen, die man sich vorstellen konnte. Und die Zigs vereinten sich. Hurra! Ich zählte die ganze Zeit nach. Als es nur noch elf waren, rief ich: „Stopp die Musik. Wir haben es geschafft."

Die Tür glitt auf und Präsident Selby schaute herein. „Was war das denn für ein grässlicher Gesang? Wir haben uns überhaupt nicht reingetraut."

Hinter ihm betraten Yesy, Fab und Everett den Saal. Yesy hatte eine Schale mit Deckel dabei, in der eine grün leuchtende Flüssigkeit schwamm. Hinter ihr brachten Helfer die zahlreichen Pflanzen von der Erde.

„Es tut mir leid", sagte Cora zerknirscht. „Ich hatte ja ganz vergessen …"

„Wir haben das Problem bereits gelöst", verkündete Nova zufrieden. „Dank meines MP3-Players und eines begnadeten Komponisten." Beim Wort „begnadet" verdrehte sie die Augen.

„Genau", sagte Cora. „Wir brauchen jetzt nur noch ein Soundsystem auf dem Zigschiff einzubauen, dann können sie jederzeit Oolongs Gesang abspielen."

„Was bewirkt denn der Gesang?", erkundigte sich Everett.

Cora erklärte ihm ihre Theorie von der „Grünen Musik", die besser wirkte als Pflanzen oder Katzen.

Yesy stellte die Schale mit der leuchtenden Flüssigkeit am Rand der Bühne ab. „Es ist nicht schlimm, dass meine Arbeit umsonst war. Wer bekommt schon Gelegenheit, ein Labor auf dem Mars zu benutzen? Und Hella und ihr Team waren toll. Eine einmalige Erfahrung, die ich nie vergessen werde."

Präsident Selby wandte sich an Hitzig. „Ein Soundsystem? Das lässt sich machen. Ich werde unsere besten Techniker damit beauftragen."

Hitzig neigte den Kopf. *„Danke. Ihr seid alle sehr liebenswürdig. Menschen und Katzen sind großartig. Ich hoffe, dass wir euch nicht allzuviel Ungemach bereitet haben."*

Du meine Güte, die Musik hatte ja wirklich einen ganz neuen Zig aus ihm gemacht. Er überschlug sich vor Höflichkeit - und das nicht nur im übertragenen, sondern auch im wörtlichen Sinne: Er beendete seine Rede mit einem Salto.

„Nun ja", sagte Cora. „Ihr habt ein paar unserer Katzen entfärbt. Wir können nur hoffen, dass das Fell grün nachwächst."

Betretenes Schweigen breitete sich aus.

Oolong schnurrte in den Sand, der den Boden bedeckte: „Ich habe vom Singen eine trockene Kehle. Bitte entschuldigt mein ungebührliches Verhalten, aber ich kann jetzt nicht auf Strohhalmsuche gehen." Dann tat er etwas, was für Marskatzen gänzlich unschicklich war. Er schob den Deckel von der Schale und schlabberte das grüne Turbo-Elixier. Einige Katzen wandten sich wegen seiner ungezogenen Trinkmanieren angeekelt ab.

Yesy griff nach ihm. „Nein! Halt! Das ist hochkonzentrierter Pflanzensaft."

Oolong sah nicht so aus, als würde er gleich an Turbo-Elixier-Vergiftung sterben. Er sprang putzmunter in die Höhe, um Yesy auszuweichen. „Er ist köstlich."

Darjeeling lief ebenfalls zu der Schale. „Darf ich auch mal probieren?"

Auch die anderen angegrauten Katzen kamen angelaufen und wollten sich an Yesys Elixier laben, das eigentlich für Pflanzen gedacht war.

Yesy versuchte aufgeregt, die Schale an sich zu bringen, doch die Katzen liefen zwischen ihren Beinen herum, sodass sie fast stolperte. „Nun wartet doch. Ich übernehme keine Verantwortung für die Nebenwirkungen. Ach, herrje."

Zu spät. Die Katzen hatten die Schale leergeschlabbert und leckten sich zufrieden die Schnäuzchen. „Eine Delikatesse", schnurrten sie einhellig in den Sand.

Fab nahm Oolong hoch. „Seht nur, die erste Nebenwirkung zeigt sich schon." Er grinste. „Das Fell bekommt wieder grüne Stellen."

/21/

Wind und Wellen

Es war früher Morgen, als wir endlich ins Hotel zurückkehrten.

Alles war geregelt. Yesys Elixier hatte die ergrauten Katzen gerettet. Sie waren alle wieder grün wie frisches Gras.

Oolongs Musik würde die Zigs auf ihrer großen Suche begleiten. Die Zigs waren so entspannt gewesen, dass sie Fab und Everett nicht einmal böse waren wegen ihrer Notlüge, sie könnten die Position eines Grünen Loches herausfinden.

Early und Darjeeling kamen mit uns durchs Moongate, aber nur, wie sie versicherten, um sich in Ruhe verabschieden zu können. Auf dem Mars herrschte dafür einfach viel zu viel Aufregung.

Early würde ich ja bald wiedersehen. Er versprach, pünktlich zu meiner Rückkehr von Teneriffa auf der Dachterrasse unseres Hauses in München zu erscheinen. Darjeeling und Bass schmusten auf Vorrat, denn bis er sie das nächste Mal auf dem Mars besuchen würde, konnten Wochen oder gar Monate vergehen.

„Und dann", schnurrte sie in den Sand, „gehen wir zusammen surfen."

Ich grinste in mich hinein. Wenn ich mir vorstellte, wie Darjeeling faul an einem Ende des Boards liegen würde, war mir höchst schleierhaft, wie Bass überhaupt noch über einen der untermarsianischen Flüsse steuern wollte. Aber Bass nickte zu Darjeelings Idee.

„Wir könnten um die Wette surfen", schlug Early vor und rieb sich an meinen Beinen.

Dann kehrten sie durch das Gate auf den Mars zurück. Everett fegte den Marssand sorgfältig zusammen und packte ihn mit den Purrolatoren ein.

Fab hörte gar nicht mehr auf, vom Schiff der Zigs zu schwärmen. „Am meisten hat mich der Tropfenantrieb fasziniert."

„Aber den haben wir doch gar nicht zu sehen bekommen", sagte Nova, die damit beschäftigt war, den grässlichen Oolong-Song von ihrem MP3-Player zu löschen.

„Natürlich haben wir das. Es war dieses Lavalampen-Ding in der Mitte des Zigschiffs."

Yesy glühte vor Begeisterung. „Und seht nur, was ich mitgebracht habe." Sie holte eine Plastiktüte aus ihrer Jeanstasche. „Das sind Proben von den trockenen Pflanzen in dem Schiff. Sie stammen von belebten Planeten aus der ganzen Milchstraße. Ich werde sie analysieren. Ich könnte mich auf Exobiologie spezialisieren." Auf meinen fragenden Blick hin erklärte sie, dass die Exobiologie sich mit der Möglichkeit der Entstehung von außerirdischem Leben beschäftigt.

Fab und Everett diskutieren, was es mit den Grünen Löchern auf sich haben könnte.

Ich fühlte mich nach den Strapazen, als müsste ich den Rest des Urlaubs durchschlafen. Doch als ich aus dem Fenster in die strahlende Sonne sah und beobachtete, wie die Wellen heranbrandeten, da vergaß ich meinen Schlafmangel. Es juckte mich, mein Surfbrett zu packen und sofort hinauszulaufen. Ich sprang auf.

„Komm, Bass, jetzt geht der Urlaub richtig los. Nova, kommst du auch mit?"

Im Nu waren wir am Strand.

Unsere drei Boards klatschten aufs Wasser. Auf den Brettern liegend paddelten wir ein Stück hinaus aufs Meer. Die Wellen gluckten zwischen Nova, Bass und mir.

„Schaut mal, da hat jemand sein Board verloren", rief Nova und deutete auf ein Surfbrett, das in einiger Entfernung auf den Wellen wippte.

„Außer uns ist aber niemand hier", sagte ich.

Wir drehten suchend die Köpfe, aber nirgendwo war jemand zu entdecken. Bis Bass stöhnte: „Das darf ja wohl nicht wahr sein!"

Da sah ich, was er meinte: Das Board war gar nicht herrenlos. Lilablassblauer Glibber überzog einen Teil der Oberfläche. Eine Malge hatte sich das Brett angeeignet und probierte offenbar aus, wie viel Spaßpotenzial es barg.

Wir ließen die Malge Malge sein und verschwendeten keinen Gedanken mehr daran, dass ihre Anwesenheit ein „ökologisches Desaster" auslösen könnte. Wir hatten die Erde heute schon einmal gerettet und nicht vor, daraus einen Dauerjob zu machen.

Als wir uns aufrichteten, befanden wir uns inmitten herrlicher Wellen, die uns zum Tanzen bringen würden. Doch schon die erste größere brachte Nova aus dem Gleichgewicht. Bass und ich wollten ihr gleichzeitig zu Hilfe eilen und sie halten. Mit durchschlagendem Erfolg: Unsere Bretter knallten gegeneinander und wir fielen lachend zu dritt in die rauschenden Wogen.

Mein Gehirn wurde von den Geräuschen des Meeres überflutet, die all das Gezigge und Gekrächze aus meinem Kopf schwemmten. Ich musste grinsen, als mir dabei urplötzlich der letzte Satz einfiel, den Hitzig zum Abschied gesagt hatte: *„Ihr Menschen und Katzen seid überaus freundlich, aber leider völlig humorlos. Dabei habe ich so einen schönen neuen Witz. Wieviele Zigs braucht man, um eine Glühbeere zu wechseln? Denkt darüber nach. Vielleicht kommen wir irgendwann zurück, dann verrate ich euch die Antwort.“*

Willst du wissen,

wie Mike, Nova und Early schon einmal zu Marshelden wurden? Der erste Band verrät es dir:

Statt auf Teneriffa zu surfen, muss Mike in München bleiben und auch noch mit einer Familie aus England zurechtkommen, die mit Mikes Eltern für die Urlaubszeit das Haus getauscht hat. Doch mit der Familie stimmt etwas nicht. Mrs Youngblood ist leichenblass, und ihre Haut schimmert grünlich. Mr Youngblood ist angeblich Astrophysiker, sieht aber eher aus wie ein Bauarbeiter. Und Tochter Nova hat irritierend große Augen.

Als die Eltern plötzlich verschwinden, hat Mike nicht nur die verzweifelte Nova, sondern auch einen frechen grünen Kater am Hals. Auf der gemeinsamen Suche nach den Youngbloods geraten die drei in ein Abenteuer, in dem sie ziemlich nasse Füße kriegen – und zwar auf dem Mars!

Leseprobe

Mein Kater vom Mars

Her mit dem Stoff!

(...) Plötzlich wurde ich aus meinen Gedanken gerissen. Oder vielmehr … geschnurrt. Ich fuhr herum und fasste nicht, was ich auf dem Flokati sah: eine Katze. Eine grün getigerte Katze! Auf der Stirn leuchtete ein weißes Fleckchen. Das war ja wie auf den Bildern, die Nova als Kind gemalt hatte! Ob es in England als schick gilt, seine Katzen grün zu färben?

Die dunklen Augen der Katze funkelten mich an. Dann zupfte dieses wirklich komische Tier wie verrückt am Flokati. Wäre ich nicht so verdattert gewesen, hätte ich die Katze augenblicklich weggescheucht. Ich wusste, wie schnell die Schafswollfäden, aus denen der Teppich bestand, sich lösten. Meine Mutter stöhnte jedes Mal, wenn sie einen der Fäden neben dem Flokati entdeckte, und stopfte ihn zu vielen anderen in eine Schublade. Ver-mutlich würde sie eines Tages zwei Wochen Urlaub nehmen, um alle Fäden wieder in den Flokati einzuweben.

Die Katze zog und zerrte am Teppich. Ein Flokati-Massaker!

„He, lass das, du Spinner“, entfuhr es mir. Aber die Katze scherte sich nicht darum. Sie ließ sich auch nicht verjagen, als ich mit den Armen wedelte und „Buh!“ rief. Ich konnte nur noch eines machen: Ich schlug den Flokati vor der Katze um. Vielleicht war die Rückseite ja weniger empfindlich.

Die Katze hörte augenblicklich mit ihrem Gezerre auf und blickte auf den Sand, der unter dem Flokati aufgetaucht war. Dann begann sie erneut zu schnurren. Aber wie! So laut hatte ich noch keine Katze schnurren gehört. Doch das war nicht das Seltsamste. Der Sand vor dem Tier geriet in Bewegung und zitterte im Schnurr-Rhythmus der Katze über den Boden. Und auch wenn sich das komplett verrückt anhört, formte sich der Sand zu Buchstaben. Mit offenem Mund starrte ich zwischen Sand und Katze hin und her.

„Can you read English?", stand da geschrieben. Die Katze blickte mich fragend an.

Ich schaute vom Sand zu dem grünen Katzenvieh und wieder zurück auf den Sand. „Klar kann ich Englisch lesen."

Ich hockte mich im Schneidersitz auf den umgeschlagenen Flokati, verwischte den Sand und schrieb mit dem Finger hinein: „Yes, I do."

Wieder schnurrte der Kater und der Sand formte auf Englisch die Worte: „Ich kann dich verstehen, wenn du mit mir redest."

„Aha." Ich war mir sicher, dass dieses Tier noch nie jemanden mit einem so dämlichen Gesicht gesehen hatte wie mich in diesem Augenblick. Falls ich es mit einem Außerirdischen zu tun hatte, der auf der Erde nach intelligentem Leben Ausschau hielt, zweifelte er vermutlich stark am Erfolg seiner Mission. Ich sollte mich besser zusammenreißen!

„Okay.“ Ich ließ meine Stimme etwas tiefer klingen, so richtig sonor und souverän. „Ich heiße Michael Weber. Man nennt mich Mike. Und wer bist du?“

„Ich bin ein Kater vom Mars und heiße Ear“

„Aha, es stimmt also. Es gibt auf dem Mars kleine grüne Katzen“, staunte ich, bevor ich mich räusperte, um staatsmännisch zu klingen: „Willkommen in München, Ear.“

„Nein, ich heiße Earl. Earl Grey.“ Der Kater wartete, bis ich das gelesen hatte. Dann zerschnurrte er die Schrift ins Unkenntliche, um gleich darauf einen neuen Satz hineinzuschreiben: „Der Sand hat vorhin nicht ganz gereicht.“ Die Schrift war diesmal ziemlich klein ausgefallen, dafür aber komplett.

Mann o Mann, wenn ich das Anja mailte! „Du bist also ein Earl?“ Das war ein englischer Adelstitel, so was wie ein Graf. „Du bist adlig, ja?“

„Nein. Earl Grey ist eine Teesorte. Meine Schwester heißt Darje“

„Darjeeling?“, beendete ich den Satz für ihn, da der Sand schon wieder nicht reichte.

Novas Zimmertür ging auf. Sie entdeckte den Kater und ihre Augen wurden so groß und strahlend, dass sie von innen zu leuchten schienen. „Oh, wie schön, du hast den Kater gefunden, Mike.“

„Hast du ihm den Namen Earl Grey gegeben?“, fragte ich. „Warst du auf dem Mars? Und wie kommt ein Marskater hierher?“

„Er gehört mir nicht“, sagte Nova und ließ meine Fragen unbeantwortet.

„Du kannst mich Early nennen“, bot der Kater an.

Nova hockte sich hin und streichelte Early, der sogleich in den Sand schnurrte: „Menschen sind überall gleich. Sie müssen Katzen unbedingt streicheln."

Schnell zog Nova die Hand weg. „Tut mir leid, das ist ein Reflex."

„Warte mal", stutzte ich. „Menschen sind überall gleich, hat er geschnurrt. Heißt das, dass es auf dem Mars Menschen gibt?"

Nova nickte zögerlich.

„Ich glaube, du musst mir einiges erklären."

Nova stand auf und kaute eine Weile auf ihrer Unterlippe. „Okay, aber es ist eine lange Geschichte."

„Wir gehen besser in die Küche", beschloss ich. Ohne Frühstück würde ich die zweifellos größeren Eröffnungen von Nova und Early nicht durchstehen. Mein Magen knurrte schon.

Early folgte uns bis zur Treppe, dann blieb er stehen und streckte vorsichtig eine Pfote aus.

„Ich glaube, Early hat ein Gewichtsproblem, weil die Anziehungskraft auf der Erde dreimal so groß ist wie die auf dem Mars." Nova bückte sich. „Ich trage ihn."

„Warte mal, darf ich?" Ich hob den Kater hoch. Ob das grüne Fell genauso weich war wie das von irdischen Katzen? Ja, es fühlte sich wunderbar an. Ich wollte Early gar nicht mehr loslassen, als wir in der Küche angelangt waren. Behutsam setzte ich den Kater auf den Esstisch.

Early blickte sich um.

Ich schenkte mir ein Glas Milch ein. „Mögt ihr auch?", fragte ich Nova und den Kater.

Nova nickte. Early tapste auf dem Tisch herum.

„Ah, er braucht ja was zum Reden“, fiel mir ein. Ich holte die Zuckerdose aus dem Küchenschrank und streute großzügig Zucker auf den Tisch. „Geht es damit?“

Early schnurrte. Im Zucker erschien: „yrt ll’I.“

„Häh? Ach so. Das ist rückwärts. Du wolltest sagen: ‚I’ll try‘.“

„spoO“, erschien im Zucker. Early schüttelte sich, dann korrigierte er: „Oops. Ach, jetzt klappt es. Weißer Sand, cool.“

„Das ist Zucker“, erklärte ich. „Wie wäre es jetzt mit etwas Milch?“ Ich deutete auf mein Glas.

„Weißes Wasser. Ist das alles seltsam hier. Wo bin ich? Wo ist dieses München?“

„Auf der Erde.“

„Wie ich es mir gedacht habe! Die Erde kenne ich aus dem Museum. Hier ist alles so weiß. Das blendet und“, schnurrte Early, bis der Zucker komplett vollgeschrieben war.

Vielleicht hätte ich dem geschwätzigen Kater nicht so viel Fläche zum Schreiben geben sollen, überlegte ich.

Nova füllte Leitungswasser in ein Glas. „Habt ihr Strohhalme, Mike?“

„Zweite Schublade neben dem Herd“, antwortete ich automatisch, während ich mit dem Zeigefinger unruhige Muster in den Zucker malte.

Nova angelte drei Strohhalme aus der Schublade und versenkte sie in unseren Gläsern. Early streckte den Kopf vor, klemmte sich den Strohhalm zwischen die Zähnchen und schlürfte genüsslich.

Nova tat es ihm gleich. „Kuhmilch würde er nicht vertragen. Auf dem Mars kennt man nur Wasser, Tee und Glühbeerensaft“, erklärte sie. „Unter Katzen gilt es ausserdem als sehr unvornehm, ohne Strohhalm zu trinken.“

Ich nickte verständnisvoll, obwohl es dafür wahrlich keinen Grund gab: Ich saß am Küchentisch mit einem Mädchen, das schrillere Haare hatte als jeder Punk, und mit einem grün getigerten Marskater, der in Sand und Zucker englische Sätze schnurrte und zufrieden an einem Strohhalm saugte. Auweia! Das konnte doch nur bedeuten, dass ich gar nicht heil aus dem Eisbach herausgekommen war, sondern im Koma lag und bizarre Träume hatte.

Ich klammerte mich an die Fakten. „Also, auf dem Mars wachsen Glühbeeren.“ Ich sah Nova skeptisch an. „Du und deine Mum, ihr seid vom Mars, ja? Gibt es dort eine Kolonie?“

„Noch nicht. Aber im Jahr 2060 wird eine Gruppe von Engländern den Mars kolonialisieren.“

„Erst in der Zukunft?“ Mein Gedankenkarussell drehte sich immer schneller. „Hat dein Vater eine Zeitmaschine erfunden?“

„Nein. Wie wäre es, wenn du mich einfach erzählen lässt, was auf dem Mars passiert ist. Ich erzähle es so, als läge es in der Vergangenheit. Denn für meine Mum ist es auch so. Du wirst am Ende alles verstehen.“ (...)

Kris Benedikt

… ist die geballte Autorenkraft von Christine Spindler und Thomas (Benedikt) Endl. Nicht nur auf den Mars kann man mit ihnen reisen, sondern auch nach London. Von der Psycho-Krimi-Reihe *London Crimes* sind die ersten Bände bereits erschienen.

Einzeln blicken „Kris“ und „Benedikt“ auf jede Menge Geschichten zurück: Thriller, Lovestories, Kinder- und Jugendbücher bei vielen renommierten Verlagen, TV-Dokus wie "Der Pate von Rothenburg" und eine Folge für die ZDF-Krimi-Reihe "SOKO 5113".

Mehr zu Christine Spindler, die auch unter dem Pseudonym Tina Zang erfolgreich schreibt, gibt es via www.christinespindler.de, mehr zu Thomas Endl via www.endlwelt.de, mehr zu Kris Benedikt via www.krisbenedikt.de.

edition tingeltangel

Aktuelle Informationen über unsere Neuerscheinungen und mehr findest Du auf der *Facebook*-Seite der *edition tingeltangel* und auf *www.edition-tingeltangel.de*.

Hast Du Lob, Kritik, Anregungen, Lesungsanfragen oder Autogrammwünsche? Dann schreib doch einfach an tom@edition-tingeltangel.de.

In unserem Programm findest Du weitere Bücher und E-Books mit gewitzten Helden und Heldinnen:

Ein Fantasy-Abenteuer, das die magische Welt der "Zauberflöte" von Mozart zum Leben erweckt!
Im Sonnenreich Solterra sind Gehorsam und Ordnung die obersten Gebote. Die dreizehnjährige Skaia fühlt sich fremd in dieser hellen Welt ohne Freiheit und kann nicht anders, als immer wieder gegen die Regeln zu verstoßen. Als sie einen geheimen, verwilderten Park entdeckt, gerät sie ins Visier der Mächtigen. Um sich und ihren Bruder zu retten, wagt sie sich mit der scheinweißen Katze Lunetta in eine gefährliche Welt: in das dunkle Land Moxó, wo ein Vogelmensch sein Unwesen treibt – und die Königin der Nacht auf sie wartet.
Ein All-Age-Abenteuer mit zahlreichen Abbildungen aus alter Zeit.

„Ein hinreißender Schmöker" (Findefuchs)

Thomas Endl:
Prinzessin der Nacht – Ein phantastischer Roman

Ein Jahr kann Menschen völlig verändern. Fredo glaubt seinen Augen kaum, als er zu Weihnachten seinen Cousin Mark wiedertrifft.
Dessen Seele scheint so finster wie sein Gothic-Outfit geworden zu sein. Unaufhaltsam schlittern die beiden Jungs in ein schauerliches Abenteuer, dessen Ursprung weit zurückliegt. Denn die Weihnachtskugeln, die ihre Großmutter auf dem Dachboden aufbewahrt, haben es in sich.

„Mystisch und geheimnisvoll" (deutsche-krimi-autoren.de)

Thomas Endl:
Dark – Ein kleine, gemeine Weihnachtsgeschichte

„Wo gibt's denn so was? 1312 Jahre lang hat der Nikolaus ohne Zwischenfall die Kinder beschert. Jetzt aber greift er in den Sack, und plötzlich beißt ihm jemand in die Hand! Lina heißt die Übeltäterin, die ganz cool feststellt: ‚Ab jetzt gehöre ich zu dir.' Weil die Kurze oberrotzig ist, hat der heilige Mann nicht viel zu lachen – ganz im Gegensatz zu den Lesern dieses Romans. Der ist frech und gefühlvoll zugleich – spitze!"

(WAZ)

Thomas Endl/Cornelia Haas:
Nikolaus und Nikolina
– Eine freche Vorweihnachtsgeschichte

Und für erwachsene Leser haben wir noch mehr aus der Feder von **Kris Benedikt**:

Näher als du ahnst / Schlimmer als dein Tod
Die ersten beiden Bände der *London Crimes*

„Wer ist nicht fasziniert von der Glitzerwelt des Showbiz und würde gern einmal hinter die Kulissen von märchenhaftem Glamour blicken? Das Autorenduo Kris Benedikt nimmt uns mit in eine Welt voller Träume, Geheimnisse und Intrigen. Es beginnt ein psychologisch ausgeklügeltes Spiel um Liebe und Verrat."

(Zwiebelchens Plauderecke
zu „Schlimmer als dein Tod")

„Ungewöhnlich, spannend und humorvoll. Ein Lesevergnügen!"
(krimizeitschrift.de)